O outro lado da
Cidade

Organização
**Taissa Reis &
Joriam Philipe**

O outro lado da
Cidade

Aquário
Editorial

© Respectivos autores
© Aquário Editorial

Organização: Taissa Reis e Joriam Philipe
Edição: Estevão Ribeiro
Capa: Dandi Rios
Revisão: Ana Cristina Rodrigues e Taissa Reis

Aquário Produções Editoriais EIRELI – ME
Rua Antônio Cordeiro, nº 492 – Jacarepaguá
CEP 22750-310 – Rio de Janeiro/RJ
Tel.: 021 2610-8043
contato@aquarioeditorial.com.br
www.aquarioeditorial.com.br

O outro lado da cidade / Organizado por Taissa Reis e Joriam
Philipe; capa: Dandi Rios. – Rio de Janeiro: Aquário, 2014.

Vários autores
ISBN: 978-85-68766-02-6

1. Literatura brasileira – Contos. 2. Literatura fantástica –
Contos. I. Reis, Taissa. II. Philipe, Joriam. III. Rios, Dandi.

CDD-869.93

Sumário

Introdução [Página 7]
Taissa Reis e Joriam Philipe

Costumes em comum [Página 11]
Ana Cristina Rodrigues

Coração Mecânico [Página 29]
Bárbara Morais

Vingança é uma palavra de quatro letras [Página 49]
J. M. Beraldo

João Anticristo [Página 69]
Rodrigo van Kampen

Sem troco [Página 93]
Vinícius Lisbôa

O relógio [Página 109]
Lucas Zanenga

O Rei e a Deusa [Página 131]
Lucas Rocha

Santuário Profanado [Página 151]
Roberta Spindler

O que os gatos dizem [Página 175]
Mary C. Müller

O Estranho da Meia-noite [Página 195]
Lena Rodrigues

Agradecimentos [Página 219]

Introdução

Dizem que o que os olhos não veem, o coração não sente. Mas existem coisas que o coração sente tanto que os olhos passam a enxergar: uma esquina que ontem não estava lá, um ser de orelhas pontudas espiando o burburinho pelas dobras de sua persiana, aquele sem-teto sentado por ali tocando gaita há mais de quatro gerações ou dois robôs jogando damas na pracinha.

Crescer em meio a histórias de fantasia faz isso com a gente. Criamos cenários e histórias a partir de situações cotidianas dos lugares onde vivemos. Esse livro nasceu da vontade de dar um lar às histórias mais fantásticas que as cidades são capazes de inspirar.

Através de um concurso de contos, várias realidades que estávamos deixando de observar nos foram apresentadas e tivemos um trabalhão para conseguir escolher só oito dessas histórias para compartilhar com vocês. Quando resolvemos o quanto desse mundo interligado ao nosso iríamos revelar, tivemos uma enorme surpresa com o tamanho do apoio que recebemos para que esse projeto desse certo: abrimos uma página de financiamento coletivo no site Catarse e conseguimos arrecadar 114% do valor que precisávamos para transformar essa ideia de livro em realidade. Foi então que a Aquário Editorial entrou em jogo, acreditou na gente e fez com que a nossa vontade de espalhar esses contos para o mundo ficasse mais fácil.

Além das oito histórias que vocês vão encontrar aqui, duas autoras muito queridas também acreditaram na gente e fazem parte desse livro com suas próprias realidades peculiares. Em "Costumes em comum", **Ana Cristina Rodrigues** apresenta Biblos, sua cidade-biblioteca, para acompanhar uma habitante do setor de Atlas e Mapas Antigos e **Bárbara Morais** nos leva de volta para o Brasil Imperial em "Coração Mecânico" e nos apresenta uma menina com um coração precioso.

Nossas histórias passeiam por épocas diferentes e tem os protagonistas mais diversos. Desde um escravo de ganho vivendo pouco tempo depois da chegada da Família Real no Rio de Janeiro em "Vingança é uma palavra de quatro letras" de **J. M. Beraldo**, até o Anticristo tendo que lidar com anjos e demônios que não são nem um pouco como ele pensava em "João Anticristo", de **Rodrigo van Kampen**. Um menino de rua entra por acidente em um ônibus singular em "Sem Troco", de **Vinícius Lisbôa**, e luzes multicoloridas levam o detetive Mallear a um caso sem explicação aparente em "O Relógio", de **Lucas Zanenga**.

Representando as criaturas fantásticas ocultas no nosso dia-a-dia, **Lucas Rocha** apresenta o Rei dos Ratos em "O Rei e a Deusa", que encontra alguns contratempos ao voltar para o seu reino subterrâneo, enquanto o elfo D'Joy busca o culpado por um crime bárbaro em "O Santuário Profanado", de **Roberta Spindler**. Em "O que os gatos dizem", de **Mary C. Müller**, uma garotinha conhece um gato bastante eloquente, mas a criatura que Ayla conhece em "O estranho da meia-noite", de **Lena Rodrigues**, acaba não sendo tão simpático assim, pra dizer o mínimo.

Mais uma vez, agradecemos muito a todos os que nos acompanharam nessa jornada: autores, editora, amigos, família, curiosos e você, leitor, que resolveu descobrir que tipo de magia se esconde em cada esquina do nosso mundo. Nos vemos do Outro Lado da Cidade.

Taissa Reis e Joriam Philipe

Costumes em
comum

Ana Cristina Rodrigues

Ana Cristina Rodrigues tem 30 e mais alguns anos, é mãe de um menino quase hiperativo e casada com um escritor/roteirista de HQs/designer/editor/passarinheiro. É escritora, historiadora, editora, tradutora, professora e funcionária pública. Como escritora, é contista, com mais de 25 contos publicados no Brasil e no exterior. Apesar de por vezes se aventurar na Ficção Científica e no Terror, sua praia é a Fantasia.

Chovia naquela noite. Mas só fora de Biblos, além da redoma invisível que protegia a cidade. A rotina do núcleo urbano, ladeado por longas alamedas de estantes, não se alterava com as gotas de chuva que molhavam o solo distante. Uma fonte de luz artificial mantinha a iluminação no mesmo nível de sempre, uma penumbra suave no período noturno que se intensificava até a quase escuridão no auge da noite, para depois ir clareando aos poucos na falsa alvorada da cidade-biblioteca.

Em meio àquelas páginas e tomos, o tempo parecia não passar. Para uma criança, era o pior lugar do mundo, principalmente para uma tão ativa quanto Clio. Vivendo com a mãe no meio do setor de Mapas e Atlas antigos, era mantida presa nos limites daquelas estantes e gavetas específicas, sem poder sair. Em onze anos de vida, a única vez em que saíra dali fora no dia do seu nome, quando recebera um nome soprado pela profecia nos ouvidos da mais antiga habitante de uma cidade muitas vezes milenar. Na praça que era o centro de Biblos, onde as caravanas se encontravam para poder barganhar o conhecimento, deram-lhe um nome e um destino: o de suceder sua mãe na guarda daquele setor. Obviamente, aquilo ainda estava muito distante para ela. No momento, o seu maior problema era a imaginação fértil e o incômodo de estar presa no meio de tantos mapas. Mas aquilo que a entediava forneceu-lhe o meio para descobrir caminhos para fora daquela prisão.

Era por isso que, naquela noite, quando a tempestade rugia do lado de fora de Biblos, Clio estava fora da sua área, acompanhada de sua melhor amiga e tentando não chamar a atenção dos poucos que ainda circulavam entre os volumes.

– Você tem certeza disso, Clio? – A voz de Rosa já era baixa normalmente, mas parecia sumir durante a noite. Clio pôde ver de relance na penumbra as mãos da garota tremendo.

– Claro que tenho – ela estendeu a mão para Rosa, que a agarrou, aliviada. Aquilo não era exatamente uma verdade, só que ela jamais admitiria seu medo e insegurança. – Vi naquele mapa velho da cidade, aquele que a mãe não deixa ninguém ver. Na parte de Poesia, no setor de Ficção, tem uma passagem pela redoma. Eu quero ver a chuva, você não?

Rosa concordou, balançando a cabeça. Clio sorriu para lhe dar mais confiança. A outra menina, apesar de mais velha, tinha medo de tanta coisa. Ainda bem que Clio sempre a convencia a se aventurar, senão teria uma vida bem chata.

Continuaram andando sem encontrar ninguém pelo caminho. Já era tarde e todos haviam se recolhido aos lugares de descanso. Em uma cidade onde se está protegido de intempéries o tempo todo, as pessoas residiam em jardins artificiais, cuidadosamente mantidos em recantos fora das avenidas mais largas justamente para garantir sossego e privacidade.

Atravessaram Biblos andando pela avenida central, rodeada por estantes altas e imponentes. Os livros ali expostos eram só lombadas vazias, vitrines inócuas e bonitas, o couro sempre renovado, mas sem conteúdo. Os visitantes que conseguiam permissão para entrar em Biblos passavam por ali ao serem levados ao local onde seus pedidos eram recebidos e analisados. Clio achava estranho que alguém viajasse tanto para ver o que estava escrito em papel velho – ou "antigo", como seus tutores preferiam dizer. Porém, muito do que estava guardado ali não existia em outro lugar. Livros, tão comuns em Biblos, eram artigos de luxo, raridades fora da sua redoma protetora. Era disso que a cidade vivia, trocando a informação contida nos velhos tomos por roupas, comida, ouro, joias e água – esta, mantida em um reservatório bem protegido e distante do núcleo habitado. Riquezas de um império há muito desaparecido eram trocadas pela confirmação de parentesco encontrada em uma árvore genealogia perdida num tomo mofado.

Chegaram à área dos visitantes. Ali havia casas para um maior conforto dos estrangeiros que desconheciam o hábito de dormir sem paredes os protegendo. O setor de Ficção ficava logo depois, escondido da vista por um conjunto de estantes gigantescas. Os visitantes ficavam ali pois, se causassem algum dano, seria na parte menos nobre da cidade. Para Biblos, a ficção tinha pouco valor.

Ninguém atravessaria o ambiente inóspito ao redor da cidade por meras historinhas, mas elas tomaram coragem e prosseguiram, entrando no lugar mais proibido de todos. A diferença entre as áreas da cidade-biblioteca era tão gritante que por um instante Clio precisou respirar fundo para ter certeza de que não estava no lugar errado. Rosa parecia estar tão confusa quanto ela e apertou a mão de

Clio com mais força. A penumbra planejada parecia ficar mais densa ali e o cheiro era diferente, como se as equipes de limpeza não costumassem passar por ali. As meninas não tinham como saber, mas era cheiro de umidade, de papel molhado e mofado. A proteção oferecida pelas forças de Biblos era seletiva e o setor de Ficção não era contemplado.

Continuaram andando, cuidado redobrado e ouvidos atentos. Sabiam se esconder entre as prateleiras familiares dos corredores em que viviam, mas ali tudo era mais sombrio. O medo era uma sensação que parecia agarrá-las. Um estalo súbito fez com que parassem onde estavam e uma voz grossa e ameaçadora as assustou.

– Quem está aí? Essa área é proibida para visitantes! Apareça!

Clio não pensou, simplesmente saiu correndo, puxando Rosa atrás de si. Tentou se lembrar dos detalhes do mapa. Sabia que em mais três esquinas deveria virar para a esquerda, seguir até outro espaço aberto e dali pegar finalmente a viela que as levaria para a abertura na redoma. Precisavam encontrar aquele caminho antes de serem pegas.

O som de passos atrás delas ressoava no silêncio. Cada vez mais perto, indicando que estavam perdendo a corrida. Rosa subitamente soltou a mão de Clio.

– Vai!

– O que? Rosa, não!

Os pés desconhecidos estavam cada vez mais próximos, mas a respiração ofegante das duas quase abafava aquele som.

– Vai! Eu nem quero ir lá mesmo, estava indo para te fazer companhia. Vai, eu vou correr pro outro lado.

Clio se escondeu e Rosa continuou correndo. O perseguidor passou por ela sem notá-la, seguindo a outra menina pelo som de seus passos. Clio encolheu-se, envergonhada por estar fazendo a amiga passar por aquilo. "Mas Rosa é boazinha, provavelmente vai dizer que não sabia que o que estava fazendo era errado e que se perdeu. Vão acreditar nela e deixá-la ir. Com certeza."

Esperou por mais alguns instantes até ter certeza de que não seria descoberta por quem estava seguindo Rosa e saiu do esconderijo. Seguiu com cuidado, o mais rápido possível em silêncio, até encontrar o ponto certo onde a redoma tinha uma falha. O cheiro estranho estava mais forte ali, ela podia sentir a sensação estranha da umidade na pele. Tinha conseguido. Respirou fundo e preparou-se para atravessar a redoma.

Uma mão pesou em seu ombro.

– Então eu tinha razão. Vocês vieram só para atravessar a redoma, mesmo.

Ela gritou e esperneou, tentando se soltar, mas seu captor não afrouxou o aperto.

–Não adianta, menininha. Já pegamos a sua amiga. Encontrar você foi fácil e se não quiser que ela sofra por sua transgressão, vai ficar quietinha e vir comigo.

Com um suspiro, Clio abrandou nas mãos estranhas e deixou-se guiar.

Depois de andarem por vários minutos em silêncio, chegaram a uma praça, um pouco melhor iluminada que o resto do setor de Ficção. Assim que a luz atingiu seu rosto, ouviu a voz de Rosa.

– Clio! Eles encontraram você! – Sua amiga estava com o rosto pálido coberto de lágrimas, os olhos vermelhos e o cabelo desgrenhado. Ela não tinha se entregado sem luta e isso fez Clio sorrir apesar da situação em que encontravam.

– Chefe! Pegamos as duas intrusas.

Uma mulher alta surgiu entre duas estantes, carregando um livro pesado de capa de couro. Ela era muito magra – e Clio percebeu que os dois homens que tinham corrido atrás dela e de Rosa também o eram, quase ao ponto de serem mal nutridos – e suas roupas pareciam estar muito gastas. Os olhos verdes eram imensos no rosto encovado e a ausência de cabelos, que também era uma característica dos seus companheiros, acentuava a aparência etérea e famélica.

– De onde será que vieram, hein? Duas meninas tão novas... ah, provavelmente devem ter vindo da nossa contraparte mais rica e iluminada. – Ela apertou o rosto de Clio entre dedos pontudos e magros, fazendo a menina fechar os olhos por causa da dor. – Ah, o que poderemos pedir por vocês? Será que não avisaram que o nosso setor é proibido para elas?

Clio reuniu a pouca coragem que ainda lhe restava e respondeu.

– Nós sabíamos disso, sim. Eu só queria ver como era o mundo fora da redoma.

– Será mesmo, menina? – O olhar da mulher era frio e

cruel. – Vejamos. Tragam-nas.

Clio e Rosa foram empurradas sem cerimônias pelos seus captores e andaram aos tropeços entre as estantes, no escuro. Tentaram se aproximar uma da outra, mas um safanão as fez ver que não era uma boa ideia e continuaram afastadas e em silêncio. Quando finalmente pararam, estavam em um lugar que parecia não pertencer à cidade. Era escuro, cheio de prateleiras e estantes quebradas, o ar denso e com um cheiro irritante que a fazia espirrar.

A mulher acendeu uma lanterna mágica e jogou um jato de luz em um amontoado de roupas que estava largado em um canto.

– Belchior, mostre para as jovens o que encontramos aqui, poucos minutos antes de as capturarmos.

Sem dizer nada, o homem que estava segurando Clio adiantou-se e puxou a ponta de um dos cobertores. Era um rosto inumano coberto de pelos curtos, com um focinho achatado e dois olhos miúdos em cima, arregalados. A boca aberta tinha pequenas presas e estava contorcida em um esgar. Orelhas pontudas saiam do alto da cabeça. Rosa deu um grito agudo e Clio sentiu uma profunda vontade de chorar, mas segurou as lágrimas a custo.

– É um homem-morcego de Shangri-lá. Foi morto no nosso setor, há poucos minutos. E vocês são as suspeitas. Vamos para o limite. O "outro setor" tem muito o que nos explicar.

– E isso não é tudo! Você não tem ideia do que você pode ter causado com a sua interferência, Clio!

Seet estava gritando há quase uma hora e não parecia estar cansada ou disposta a parar. A menina continuou em silêncio, os olhos baixos. Sua mãe colocou as mãos em seus ombros.

– Temos um equilíbrio muito precário. O respeito dos ficcionistas pelas nossas normas é pouco e só se mantem porque nós as seguimos à risca, dando o exemplo. Assim, podemos cobrar o mesmo deles. Ter dois dos nossos viajando por uma zona proibida em uma hora dessas coloca tudo em xeque!

– Uma pessoa morreu, mãe.

– Sim, e não seria problema nosso se você não estivesse lá! Se não estivesse naquele setor quando eles encontraram o corpo, o problema estaria somente na mão dos ficcionistas – disse o nome com um nojo inconfundível. – Você se tornou no mínimo uma testemunha.

A ameaça ficou suspensa entre elas e, mesmo sendo muito nova, Clio entendia o que não estava sendo dito. Havia a possibilidade de ser considerada suspeita.

– Então, precisamos saber o que aconteceu com certeza. Vamos precisar investigar. – Ela levantou os olhos, um brilho determinado no olhar.

A mãe lhe devolveu um olhar raivoso.

– Você não irá fazer absolutamente mais nada sobre isso, Clio. Você está proibida de sair do nosso setor. Eu vou resolver tudo.

O assunto foi encerrado ali. Seet saiu, deixando Clio sozinha com seus pensamentos. Sabia que a mãe iria se reunir com o conselho para que tentassem resolver o problema que ela inadvertidamente causara. Pensou em Rosa, que talvez estivesse sendo punida. Deveria obedecer a sua mãe e não se meter mais naquele assunto, deixar os adultos resolverem tudo. Porém, sentia que a negociação entre os ficcionistas e os companheiros de sua mãe não seria justa para os primeiros.

Sua mãe gostando ou não, ela iria tentar descobrir o que pudesse sobre aquela morte tão estranha. O rosto do homem-morcego veio à memória, tão estranho, tão cheio de dor mesmo depois de morto. Saiu da área de repouso que dividia com a mãe com cuidado, esgueirando-se pelos muros-estante. Chegou rapidamente ao Setor de Medicina, onde Rosa vivia, sem ser vista. Nenhum adulto estava por ali, o que significava que deveriam estar todos em reunião – sinal da seriedade da situação em que se encontravam.

Aproximou-se do recanto onde sabia que a amiga estaria dormindo.

– Rosa! Rosa! – sussurrou.

O rosto redondo da menina estava inchado, os olhos vermelhos.

– Sai daqui, Clio! Já estou com problemas o bastante e a culpa é sua!

– Eu sei, precisamos resolver isso!

– Não, não precisamos de nada. Minha tia me proibiu de sair daqui e principalmente com você. Vai embora!

– Mas precisamos ajudar o pessoal da Ficção! Eles vão ser prejudicados! – Ela simplesmente sabia que a mãe, junto com os outros membros do conselho, faria com que a culpa daquele assassinato caísse em cima dos ficcionistas. Isso seria injusto.

– Não é problema meu, Clio. Cansei de me meter nas suas confusões. – Rosa fechou os olhos e apertou os lábios. Clio sentiu os olhos arderem com as lágrimas que não deixou rolar. Engoliu em seco e tomou coragem.

– Tudo bem então, Rosa. Vou resolver tudo sozinha.

A sua amiga sequer respondeu. Clio suspirou, conformada. Tinha mais uma opção de ajuda. Ergueu o queixo e se pôs a caminho. As estantes foram ficando mais desgastadas, as lombadas mais antigas, os caminhos menos cuidados, mas sem chegar ao desleixo. O único som era o dos seus passos na pedra. Ela ia pouco ali, evitando aqueles caminhos sempre que possível.

Contavam histórias horríveis sobre aquele setor de Biblos, cheio de livros de filosofia. Falavam de pessoas que abriam livros e ficavam paradas, em transe – não conseguiam sequer fechar os volumes que seguravam. Ou daqueles que terminavam as obras que tinham vindo consultar e se sentavam ali mesmo, duvidando de sua própria existência. Ela sentia medo daqueles livros, como se eles fossem feras perigosas.

Era o Setor dos Livros Proibidos, sempre em maiúsculas. Não havia histórias de monstros em Biblos, mas os perigos daquele setor assombravam os seus moradores. Filósofos e outros pensadores habitavam aquelas prateleiras com obras que buscavam entender os segredos do universo. O seu guardião era um homem já muito velho e quase cego. Clio esgueirou-se pelas estantes com cuidado, pois sabia que ao menor ruído seria descoberta. Passou por onde o velho estava cochilando em uma cadeira. Seu objetivo era outro, o aprendiz dele. Sabia que ele estaria por perto, lendo em um recanto mais iluminado, e o encontrou na junção de estantes marcadas como Pós-Existencialismo Modernista e Surrealismo Pós-Utópico Barroco.

– Mudo? Oi – ela disse em voz baixa. Ele ergueu os olhos da página que estava lendo e deu de ombros. Ele estava acostumado com os rompantes e as explosões de Clio e sabia que o melhor a fazer era simplesmente não reagir.

– Preciso da sua ajuda. – E, na mesma hora, o Mudo fez gestos curtos e rápidos, que Clio rapidamente interpretou.

– Você já sabe e decidiu que não irá se meter então... Nem se eu pedir por favor e prometer que não vou mais incomodar você?

Mais gestos, bastante irritados, que arrancaram um suspiro cansado de Clio.

– Certo, você tem razão. Não é problema seu, você não foi até lá e também não seria meu se eu tivesse ficado no meu lugar, mas eu estou cansada de ficar esperando as coisas acontecerem. Me dá pelo menos uma dica. Você geralmente sabe tudo o que está acontecendo em Biblos.

Ele estava relutante. Toda a postura dele passava isso e ela decidiu que não ia mais insistir no assunto, mas de repente ele respirou fundo e se levantou, gesticulando para que ela o acompanhasse. Com cautela, foram até a entrada da cidade, vazia àquela hora, e Mudo indicou um tomo de couro fechado em cima de uma mesa. Aquele era o registro dos visitantes, das caravanas que entraram na cidade. Ela entendeu o que ele queria que fizesse e agradeceu com um gesto. O Mudo simplesmente assentiu e virou-se de costas, voltando para o seu lugar, de onde nunca gostava de sair.

Ela anotou diligentemente os nomes de cidades: Xanadu, Shangri-lá, Utopia, Nod, Lemur, Katzhe, Cibola. Escreveu ao lado a quantidade de pessoas em cada uma. Suspirou fundo. Ela conhecia a sua cidade e sabia que ninguém em Biblos teria matado um estrangeiro. Precisava se concentrar na possibilidade mais provável: o assassino, assim como a vítima, tinha vindo de fora.

O resultado da reunião do Conselho foi divulgada entre os moradores de Biblos no dia seguinte, antes das atividades diárias. A culpa recaiu em cima do setor de Ficção, por não ter garantido a segurança de um visitante, um dos raros que se interessavam pelo seu setor. Então, teriam suprimentos e serviços racionados até o responsável ser encontrado. E tinham um prazo para isso, que se não fosse respeitado, faria com que sofressem terríveis consequências.

E Clio, mesmo sendo tão nova, sabia o quanto isso era injusto e apenas um modo de Seet e seus colegas punirem ainda mais o setor mais desprivilegiado da cidade. Então, dedicou-se a investigar. Por causa do seu envolvimento naquela confusão, ficou restrita ao setor de sua mãe, o que poderia atrapalhar muito se a situação fosse outra e ela não soubesse o que queria encontrar.

Sabia quais caravanas tinham entrado na cidade. Sabia que o morto era o único integrante da caravana de Shangri-lá. Só precisava encontrar uma ligação entre esses dois fatos e estava cercada de livros sobre lugares, alguns com mapas, outros com relatos. Era questão de fazer aquilo no que os habitantes de Biblos eram considerados especialistas: buscar informação.

Passou dias enfurnada nos livros do setor. No primeiro dia, a mãe chegou a ficar preocupada.

– Clio, está tudo bem?

– Sim, mãe – ela respondeu, erguendo os olhos de um volume sobre as nações do continente setentrional. – Como estou proibida de sair, achei melhor me dedicar mais aos estudos para um dia poder ser como você.

Chegou mesmo a sorrir, o que deixou a mãe surpresa e consideravelmente mais calma.

– Certo. Não esqueça a hora da refeição, minha querida. – E saiu para cumprir suas tarefas, deixando a filha a sós com sua pesquisa.

Semanas se passaram e sempre que escutava, às escondidas, relatos sobre como os ficcionistas estavam sofrendo, ela se dedicava ainda mais, sem muito resultado. Só desistiu quando o prazo estava prestes a expirar, e foi falar com a mãe sobre a injustiça que o conselho estava cometendo. Não a encontrou na sua mesa de trabalho, que estava estranhamente livre de livros, com uma exceção.

Um tomo pesado e de páginas amareladas, cuja capa de couro vermelho exibia em letras douradas um título que ela nunca sequer ouvira falar ou ser citado. Correu o dedo pelas letras graúdas e contemplou a possibilidade de abrir aquele volume.

Tanto tempo pesquisando sem resultados. A probabilidade de a resposta estar ali era pequena, mas existia. A mãe poderia não gostar, mas não iria brigar com ela por isso. Respirou fundo, tomou coragem e abriu o *Atlas Ageográfico de Lugares Imaginados*.

Não soube dizer quanto tempo passou investigando as páginas daquele livro. Várias nações das quais nunca ouvira falar eram descritas em detalhes, mas sem sua localização geográfica. Não havia mapas, coordenadas, indicação de fronteiras. Havia descrições detalhadas e uma ou outra menção a dimensões e planos de existência que deixaram Clio completamente confusa.

Estava escurecendo, as luzes artificiais diminuindo sua intensidade para começar a dar o aspecto de penumbra quando ela finalmente viu, em uma pequena nota, dois nomes familiares unidos. Era quase no final do livro, um anexo-apêndice sobre uma guerra entre lugares que talvez sequer existissem, cuja veracidade era uma dúvida para a maioria dos estudiosos: Shangri-lá e Xanadu.

Nenhum dos outros lugares era mencionado na obra, mesmo que de passagem. Então, talvez ali estivesse sua resposta. E ela saiu correndo, livro embaixo do braço. Precisava encontrar a mãe, o conselho, mostrar o que encontrara, ali, no final do livro.

Não estavam no centro de Biblos, o lugar onde se reunia o Conselho. Lá só encontrou o Mudo e o seu guardião, que era mais velho que os demais conselheiros. Segundo o que seu amigo gesticulou, os outros haviam ido para a entrada da cidade junto com a líder dos ficcionistas.

Correu mais ainda, apertando o livro contra o peito. Tinha contado errado, o prazo tinha acabado antes, afinal o que poderia estar acontecendo?

Ela chegou na porta a tempo de ouvir as palavras terríveis de sua mãe.

– Vocês romperam o pacto de segurança que Biblos fez. O pacto de que todos que aqui viessem buscar conhecimento teriam sua segurança garantida e seriam atendidos desde que pagassem o preço. Menmosine, o que você tem a dizer sobre isso?

– Você vai fazer o que sempre fez, Seet. O que o Conselho sempre faz. Vai punir ainda mais o setor de Ficção. Vai nos humilhar ainda mais. Nos rebaixar. Faça logo.

Ela fez, antes que Clio pudesse dizer qualquer coisa. Dois guardas aproximaram-se da chefe dos ficcionistas – ela sequer sabia que a cidade tinha guardas, além da pessoa que recepcionava os visitantes. Um segurou-a pelos braços, o outro cortou a sua garganta.

Sem som, sem aviso e sem piedade. Os olhos de Menmosine ficaram fixos nos de Seet até a última centelha de vida ser apagada.

– Não! – finalmente Clio encontrou sua voz, antes que o Conselho prosseguisse com o castigo. – Eles não tem culpa! Eu encontrei esse livro e descobri todo.

– Criança tola! – Seet aproximou-se e tentou pegar o livro que Clio protegeu com o corpo. – Esse tolo amontoado de mentiras não prova nada! É uma obra de ficção, sem mapas, sem dados, só com histórias! Os ficcionistas tentaram apresentá-lo como evidência para aumentar o seu prazo, mas o Conselho o rejeitou.

Estendeu a mão, esperando pela obediência da filha. Clio engoliu em seco e disse, com firmeza:

– Se é um livro de ficção, de histórias, é melhor devolvê-lo ao seu lugar.

E sem olhar para trás, saiu correndo, passando pelas velhas estantes e alamedas. Quando finalmente se cansou, estava no lugar em que a ficcionista – Menmosine, pois ela tinha um nome – havia lhe mostrado um corpo. E ali enterrou aquele livro, que era a prova de que a cidade em que vivia e que se dizia polo e núcleo do conhecimento era o lar de um tipo de ignorância maior do que a ausência de livros. Mas acabou também enterrando ali a sua infância.

Coração
Mecânico

Bárbara Morais

Bárbara Morais nasceu e mora em Brasília e está se graduando em Economia pela Universidade de Brasília (UnB). É uma leitora voraz que adora organizar eventos literários. Além de sua vasta experiência em trocar bilhetes em sala de aula, derrubar objetos por acidente e consumir cultura pop, ela escreve em seu blog, o Nem Um Pouco Épico. Já teve contos publicados em coletâneas e sua trilogia "Anômalos" é publicada pela Editora Gutenberg. O segundo volume, "A Ameaça Invisível", foi publicado em setembro de 2014.

Meu coração é uma máquina.

O ineditismo dessa revelação chocou e encantou pessoas por todo o mundo. A incrível menina mecânica. A garota sem coração. Patético, na verdade.

O leitor me pergunta como consegui essa façanha. Por que meu coração de donzela teve que ser trocado por uma fria máquina?

Tudo começa quando eu, ainda pequena, fui diagnosticada com uma doença cardíaca. Os detalhes de minha falha me escapam, mas nunca pude correr ou andar de cavalo ou me aventurar muito longe da fazenda no interior da Bahia, onde nasci. Aos 16 anos, minha condição havia se deteriorado a tal ponto que fui levada ao Rio de Janeiro às pressas, em uma viagem que poderia ter me matado.

Lá, na Academia Real de Medicina, encontramos um grupo de estudantes visionários encabeçados por um professor estrangeiro que propusera algo inusitado: trocar meu coração.

A ideia apavorou meus pais, mas eu estava disposta a me aventurar. Um dos alunos, um rapaz pernambucano chamado Fernando, me explicou todos os riscos e possibilidades. O meu convencimento total só se deu diante da revelação do homem de que ele também tinha uma doença crônica e que, se sugerissem algo para curá-lo, ele se entregaria cegamente aos cuidados do doutor Lucas Heargraves. Se alguém havia de curar-me, seria ele.

Durante todo o processo que se seguiu, Fernando se revelou um ótimo apoio e suporte. Era um jovem de aparência frágil, um pouco baixo para um homem da época, que falava com uma voz rouca agradável e tinha feições que beiravam as femininas. Era pálido, por causa de sua doença, mas isso não era empecilho para sua excelência no que fazia. Junto a ele sempre estava o silencioso Alberto, com sua compleição máscula e uma disposição de ferro. Os dois eram uma dupla improvável e eu podia ver os olhares furtivos que as damas lhes lançavam nas ruas.

Eram belos, jovens e inteligentes. Como eu poderia não confiar neles?

Quase um ano se passou até que confeccionassem meu novo coração. Quando o vi pela primeira vez, tive uma crise de choro tão intensa que Fernando teve que me arrastar para fora da sala para que eu não desmaiasse.

O coração era uma coisinha assim, do tamanho do meu punho. Tinha engrenagens por todo ele, girando e girando e girando. Alguém, provavelmente Alberto, me explicou como ele deveria funcionar, mas as noites que antecederam a cirurgia foram passadas em claro, com o medo dominando minha mente. O desespero havia se tornado meu melhor amigo e eu tentava repetir para mim mesma os motivos pelos quais eu tinha aceitado fazer a operação: eu poderia morrer durante a cirurgia, mas era apenas uma possibilidade. Se não a fizesse, certamente morreria nos próximos meses.

Não morri. Até hoje não consigo entender como isso aconteceu, porque ouvi de todos que era algo impossível e insano.

Sempre imaginei que viajar o mundo inteiro e conhecer novos lugares e costumes seria fantástico, mas a realidade se revelou muito enfadonha. Se eu ainda fosse uma moça saudável, com uma boa disposição e mente brilhante, acredito que tudo teria sido encantador. Em vez disso, apresento-me como uma garota doente e incapaz.

A pedido do nosso grande Imperador Pedro II, embarcamos num navio e circundamos o mundo em um espetáculo quase circense. Fantásticas Cicatrizes e Engrenagens Internas! Venham, vejam Ana, a garota do coração mecânico!

Eu podia sentir o pavor me consumir quando pensava o que seria de mim se meu pequeno coração decidisse parar ali, no meio do oceano. Também podia ver a angústia de meu salvador enquanto ele era apresentado como herói e eu como um inseto, à disposição para ser exibida, revirada e presa em caixas de vidro. Fernando e Alberto sussurravam suas reclamações e seus medos ao redor de uma garrafa de vinho, quando achavam que eu não estava escutando.

Aproveitei algumas cidades, onde me sentia segura. Na residência da Condessa Heargraves, tia do Doutor Lucas, praticamente me senti em casa, mas nas Índias meu terror foi duplicado. O nojo estava presente em nossas vidas diariamente. Em algumas cidades, Fernando nos impedia de consumir qualquer comida com medo de que nos intoxicássemos. Em outras, Alberto não me deixava sequer sair de minha carruagem. Nas piores, somente Doutor Lucas e Alberto iam para as apresentações, deixando-me aos cuidados atenciosos de Fernando.

Era um grupo peculiar, mas dinâmico. Não existia muito lugar para mim, assim como no resto do mundo. Foi uma péssima viagem, em retrospecto, mas seria muito pior sem eles.

Ao retornar para o casarão que era meu lar no Rio de Janeiro, me deparei com um sentimento de solidão terrível. Depois de quase um ano na companhia barulhenta de vários rapazes, enfrentar uma casa vazia a não ser pelos escravos era deprimente. Uma vez por dia, um deles passava para ver como eu estava, mas não era a mesma coisa que a convivência diária.

Foi então que a garota do coração mecânico decidiu que era a hora de começar a viver. Escolhi alguns dos vestidos de festa que tinha para passear e virei a sensação da alta sociedade carioca. Todas as moças queriam ser minhas amigas, todos os rapazes queriam provar que eu ainda tinha sentimentos, apesar do meu coração ser uma máquina. Nenhum deles era agradável. Abutres interesseiros, golpistas e fofoqueiras, o tipo de companhia que não procurava e da qual não precisava.

A impressão que eles tinham era que eu era uma tola do interior com uma sorte grande e uma anomalia. Esqueciam-se que eu havia nadado nas altas sociedades europeias, com tubarões piores que eles, em lugares que sequer contemplavam em seus sonhos.

Eu me tornei a solitária garota do coração mecânico.

Até que ele apareceu.

Pedro era um rapaz galante, com um daqueles sorrisos que iluminam o dia. Apesar de ser bonito, não era fútil como os outros rapazes. Conhecia o mundo, tinha ideias geniais e era versado em literatura. Nossas conversas me faziam rir e eu me sentia terrivelmente bem com ele. Depois de tantas dificuldades em minha vida, era bom ter momentos divertidos.

Mas, como era a minha vida e não a de uma mocinha de romance, a felicidade não durou muito.

Fernando e seu escravo Inácio chegaram no início da noite, enquanto eu me arrumava para ir à ópera no Teatro Municipal. O rapaz tinha uma expressão grave e estava ainda mais pálido que o de costume e convidei para que sentasse e tomasse um café. Percebi que havia uma bandagem cobrindo o seu pescoço e fiquei ansiosa. O que havia acontecido? – Oh, doutor Fernando! O que aconteceu?

– Não se preocupe comigo, sinhá Ana. – ele deu um meio sorriso, apertando sua sempre presente bengala nas mãos. – A senhorita está indo para a ópera? Estou te atrapalhando, mil perdões. – Ele se levantou, com certa dificuldade – Inácio, vamos. Nós voltaremos em uma hora mais oportuna.

– Não, não, não! Por favor, não me faça essa desfeita. Sente-se. Maria logo trará um cafezinho para nós. Ainda tenho tempo antes que meu acompanhante chegue.

– Eu tenho duas irmãs, sinhá Ana. Sei o tempo que uma dama demora para se arrumar. Sinceramente, minhas desculpas. – Ele fez uma pequena reverência peito.

– Por favor, doutor Fernando. Eu já estou pronta. – Eu abri um sorriso involuntário.

Ele parou alguns segundos para me olhar e deu um sorriso tímido. Era impossível que fosse mais velho do que eu, com aquela cara de menino, e ainda assim andava com a bengala para todos os lugares. Quantos anos será que ele tinha? No mínimo 20, mas parecia tão mais novo.

– Quanta eficiência. – ele se sentou-se novamente. – Me perdoe por me sentar, mas não ando me sentido bem ultimamente.

– Não? O que houve?

– Eu já lhe disse, sinhá Ana. As minhas visitas são para saber de você e não o contrário. Mas não é nada grave. Só mais uma das minhas crises.

– Deveria ficar de repouso.

– E deixar que o chato do Alberto venha ver como você está? – ele gargalhou. – Jamais.

Senti minhas bochechas corarem ligeiramente.

– Como vai o seu coração de passarinho? – ele perguntou, finalmente.

– Muito bem. Não tenho tido mais cansaços repentinos e consigo subir e descer as escadas como se tivesse cinco anos.

– Ele realmente deve estar bem, querida Ana, se o seu acompanhante conseguiu roubá-lo de mim, que o fiz.

Apesar de meu coração ser uma máquina, eu também sentia apertos no peito como qualquer outra garota. Abri meu leque e cobri o rosto, desviando os olhos.

– Não diga essas coisas, doutor Fernando. Meu coração não agüenta. Ele balançou a cabeça.

– Eu não vim aqui para tentar seduzi-la com meus encantos. Lucas me mataria se fosse o caso – ele brincou. – Temos um presente para você.

E ele tirou um saco de veludo vermelho do bolso do paletó, colocando-o em minhas mãos. Demorei um pouco observando a mão do rapaz, que era minha velha conhecida, mas que sempre me causava espanto. Seus dedos eram finos e compridos, com unhas redondas e bem feitas. Era uma mão mais feminina do que a minha.

Abri a fita dourada que fechava o saco e retirei o conteúdo com cuidado. Era uma joia, um pequeno coração de prata com engrenagens minúsculas que se misturavam num emaranhado. Senti as lágrimas invadirem meus olhos, porque aquele pequeno pedaço de metal me lembrava de tudo o que passei para chegar ali e de como aqueles três médicos estavam sempre comigo.

– A ideia foi minha, como sempre. – Fernando sorriu. – Alberto que o fez. Deixa-me mostrar...

E os dedos finos dele alcançaram o coração na minha mão, apertaram algumas engrenagens e a joia começou a girar.

– Ele funciona! – eu disse, espantada. – Que coisa linda.

– Combina com qualquer coisa que for vestir. Por favor, use-o para a ópera hoje.

Ele fechou a minha mão e as engrenagens do meu pequeno coração fizeram cócegas na minha palma.

– Obrigada, Fernando.

– Você é uma garota muito forte, Ana. Vá se divertir.

Coloque esse seu coraçãozinho à prova. Isso é uma recomendação médica, ouviu?

Não tinha como não obedecer. Não era a primeira vez que eu assistia a uma ópera, outros tentaram me conquistar me levando aos mais belos espetáculos, mas era a primeira vez o que fazia acompanhada de alguém que acelerava as engrenagens do meu coração. Claro que seria muito melhor se minha prima Francisca não estivesse nos acompanhando, mas nada pode ser perfeito. Em um dos intervalos, Pedro e eu ficamos a sós. Ele observou a minha nova joia e a pegou entre os dedos, carinhosamente.

– É o seu coração? – ele perguntou, com um sorriso.

E, estranhamente, as engrenagens do coraçãozinho começaram a bater mais rápido sob o toque dele.

– Sim. – eu disse, com humor na voz. – Vê como ele se acelera quando você está por perto?

Ele riu e segurou minha mão, olhando atentamente nos meus olhos.

– Me dê seu coração, Ana. Você não vai se arrepender.

Então Pedro prendeu a joia entre os dedos e a puxou, com força.

Foi como se o mundo tivesse parado, e não de uma forma boa. Meu coração de verdade pulou um, dois, três batimentos; minha respiração ficou errante. Minha visão começava a escurecer quando vi meu acompanhante receber um soco no queixo e tentei gritar. O mundo voltou a correr de uma vez e muito rápido. Senti meu corpo perder as forças.

Alberto me segurou antes que eu pudesse cair do banco e me forçou a beber alguma coisa com um gosto muito ruim. Em algum lugar, ouvi a voz grossa de Doutor Lucas berrando algo, seguida de um grito feminino e o barulho de vidro quebrando.

– Ana? Ana? – Alberto me sacudiu ligeiramente e testou minhas pupilas, antes que eu pudesse dizer qualquer coisa. – O que ele fez?

– Ele... eu... o que está acontecendo? – eu balancei a cabeça, confusa.

Uma quantidade absurda de fios de cabelo caía do meu penteado e eu tentei arrumá-lo, mas Alberto me impediu.

– Fique de pé. Nós temos que sair daqui rápido. – ele me colocou de pé e me forçou a andar rapidamente ao lado dele. Sua mão me apoiava pela cintura e me senti constrangida. – Por favor, eu consigo andar. Aquilo... nunca havia acontecido. E...

A imagem que vi se desenrolar no jardim me fez parar a frase no meio. Fernando estava em cima de um dos bancos, uma espada apontada contra o pescoço do homem que fazia meu coração bater mais rápido. Doutor Lucas estava na ponta contrária, junto com o escravo Inácio, atirando rapidamente contra uma infinidade de pessoas que se aproximavam.

– Ana! Meu amor! Por favor, me salve desses malucos.

– O que vocês estão fazendo? – eu tentei empurrar Alberto e me desequilibrei, caindo em um dos degraus da escada.

– Eles querem me matar! – Pedro berrou e Fernando

empurrou mais a espada contra o seu pomo de adão.

– Não o escute, sinhá Ana! – a voz dele estava esganiçada, diferente do habitual. O seu peito subia e descia freneticamente. – Ele quer roubar o seu coração!

– Isso é um absurdo! Você não pode fazer isso só porque está com ciúmes. – eu berrei e me desvencilhei de Alberto novamente, engatinhando pelas escadas abaixo.

Alberto disse uma palavra que me fez corar e me pegou por debaixo do braço, me levantando. Berrei alto e ele cobriu a minha boca, me arrastando na direção de onde Fernando apontava a espada para o meu amado.

– Eu confiei em vocês! Confiei! Vocês fazem isso! Fernando, tire essa espada da garganta de Pedro agora!

– Ana, se acalme. – Alberto tinha uma expressão séria e irritada.

Um barulho de explosão veio da lateral e doutor Lucas e Inácio vieram correndo na nossa direção. O que estava acontecendo?

Aproveitando a distração, Pedro puxou a espada de Fernando com as próprias mãos, deixando-o surpreso. Depois, investiu contra ele violentamente. Com um salto, o médico se abaixou atrás do banco e a espada zumbiu e ressoou quando bateu contra a madeira. Alberto me largou e, como se lessem os pensamentos um do outro, ele e Fernando atacaram Pedro, que tentava desvencilhar a espada do banco. Fernando o acertou com um vaso de um lado da cabeça e Alberto, com sua bengala, na nuca. O homem caiu desacordado e os dois médicos se olharam por alguns instantes.

– Se vocês o mataram, eu mato vocês! – era a voz carregada de sotaque de Lucas, enquanto ele se aproximava. Ele parou do lado de Fernando e o encarou, com a mesma expressão que usava quando me examinava. – Você está bem?

– Eu estou bem! – a voz do rapaz estava mais esganiçada, parecida com a de um menino antes da puberdade. – Nós temos que sair daqui, a explosão não os segurará por tempo suficiente.

Eu tentei aproveitar o momento de distração para me ajoelhar ao lado de Pedro e checar se ele estava bem. Era um desenvolvimento inesperado. Como as pessoas que me ajudaram tanto haviam feito aquilo comigo? Será que eles tinham levado a sério a história sobre meu coração? Aquilo era só uma bobagem entre duas pessoas que se gostavam...

– As mãos dele estão sangrando... mas ele respira. – eu olhei para os quatro homens – O que vocês fizeram!?

Um barulho veio da direção onde Inácio e Dr. Lucas estavam anteriormente e os quatro viraram a cabeça. Foi a vez de Fernando soltar uma imprecação e passar a mão no cabelo, preocupado.

– Eu juro para você que existe uma explicação plausível, mas você tem que vir com a gente agora. – Alberto se abaixou do meu lado e me levantou novamente, com a mão na minha cintura. – Eu só preciso que você corra o mais rápido possível.

E eu não tive escolha quando vi que as pessoas que eles estavam impedindo de se aproximar na verdade eram...

coisas. Coisas que agora caminhavam de forma torta, com cabeças abertas deixando entrever massas cinzentas, braços torcidos em ângulos esquisitos e fluídos negros vazando de todas as partes. Suprimi um grito de terror e minha náusea, acompanhando os passos do homem alto que me segurava como podia.

Dr. Lucas seguiu na nossa frente, carregando Pedro como se fosse um saco de batatas e, atrás de nós, só conseguíamos ouvir os tiros e os berros vindos de Inácio e Fernando. Meu coração nunca havia batido tão rápido, máquina ou não e, dada a falha anterior, o terror voltou a me invadir. Eu não queria morrer, não ali.

– Se acalme. – senti a mão de Alberto me segurar com mais veemência. – Eu fiz o seu coração, ele não irá parar se bater rápido demais.

Perdemos Fernando e Inácio de vista em alguma das esquinas, o que era bom, porque significava que aquelas coisas estavam longe de nós. Em uma das ruas, Dr. Lucas fez um sinal para que parássemos e tirou o revolver do coldre. Minha respiração estava ofegante, mas não havia cansaço real. Senti Alberto ficar tenso e percebi a proximidade em que estávamos, me sentindo constrangida novamente.

Dr. Lucas fez um sinal para que ficássemos em silêncio e deu um passo à frente. Nesse instante, foi atacado por uma mulher que o jogou para trás, fazendo-o derrubar Pedro. Como reflexo, deu um tiro que acertou o ombro da sua atacante, fazendo-a dar dois passos para trás.

Um líquido preto, com cheiro metálico, começou a

jorrar do ferimento de bala. A mulher se ajeitou e deu alguns passos firmes, mas lentos, na direção de Dr. Lucas. Outras duas criaturas se juntaram a ela e escondi meu rosto no ombro de Alberto em terror, ao ver que uma delas tinha o abdômen aberto, com suas tripas pendendo para fora como cobras venenosas. Alberto me segurou pelos ombros e me forçou a olhá-lo.

– Ana, preste bastante atenção. Nós já estamos perto do nosso esconderijo. Eu e Lucas vamos despistá-los e você vai correr como nunca correu na sua vida. Entendeu?

Eu concordei com um aceno de cabeça, sem ter certeza se poderia falar.

– Muito bom. Você é uma garota forte, lembre-se disso. E não vamos deixar que nada aconteça com você, então não tenha medo. Eu preciso que você entre naquela rua – ele apontou para a rua diretamente na frente da nossa, de forma que eu teria que passar pelas criaturas que lutavam com Dr. Lucas. Senti um arrepio. – Conte uma, duas, três, quatro casas do lado direito e entre no lugar, independente do que ver. Procure por Carmem.

– Quatro casas. Carmem.

Ele colocou o seu paletó por cima das minhas roupas, deu um sorriso encorajador e apertou meu ombro suavemente.

Na esquina, Dr. Lucas havia acabado de levar um golpe no queixo que o fez bater a cabeça contra um dos postes a gás que iluminavam a rua. Alberto enrolou as mangas de sua camisa com agilidade e apertou um botão em sua bengala, transformando-a em uma espada como a de Fernando.

– No três, você passa por ele e corre. – Ele se posicionou e eu me encolhi ao ver que Dr. Lucas havia puxado as tripas da criatura que estava com a barriga aberta e a derrubado. – Ana! Não olhe! No três! Um, dois, três! Corre, corre, CORRE!

Ele teve que me puxar para que eu me movesse e enquanto investia contra as criaturas, e eu passei por uma brecha entre elas. A mulher me segurou pelo braço com força, arrancando um grito de dor mas, antes que pudesse fazer algo a mais, recebeu um soco no nariz. Alberto me empurrou mais uma vez e comecei a correr, finalmente ciente do perigo.

Meus saltos ecoavam pela rua deserta e meu coração batia como nunca havia batido antes. O vento soltou o que sobrara do meu penteado e afastou todo o medo que eu havia sentido em toda a minha vida. O que era aquilo que estava acontecendo? Eu nunca havia corrido antes, então por que eu sentia que estava fazendo algo certo pela primeira vez na vida?

Era como se meu coração, mecânico como era, estivesse enferrujado e a emoção da fuga e da corrida o tivesse limpado. Era como se minha vida fosse todas engrenagens que a mantinham, emperradas por alguma bobagem.

Mas eu precisava de foco. A quarta porta daquela rua era discreta, quase escondida, e estava aberta. Dava para escadas que desci correndo, o rosto afogueado e a respiração acelerada.

Era um... prostíbulo. Diante de minha aparição repentina, roupas de festa e cabelo desgrenhado, todos pararam suas atividades para me encarar. Senti-me constrangida pela incontável vez naquela noite e lembrei do que o médico havia me dito.

– Eu procuro por Carmem. – minha voz saiu confiante e firme, como nunca ouvi antes.

Carmem surgiu e me levou para um quarto no andar de cima. Ela era uma mulher mais baixa que eu, cabelos negros, olhos cor de mel e pele morena. O quarto em que entramos era pequeno, mas bem mobiliado. Sentei-me em uma poltrona num canto e a mulher me deu um copo de água, retirando o paletó de Alberto dos meus ombros e pendurando-o num gancho na parede.

– Pronto, querida. Você está a salvo. – ela disse, num tom carinhoso. – Onde estão os outros?

– Dr. Fernando e Inácio eu não sei, mas Dr. Lucas e Dr. Alberto estavam a duas esquinas daqui quando... – minha voz falhou. – ...fomos atacados.

– São aquelas bestialidades novamente, não? – o tom de voz da mulher era de nojo. – Me preocupo com Fernando, que já havia sido atacado. Aquele corte no ombro não está totalmente curado.

Minha expressão de surpresa deve tê-la divertido, porque ela riu.

– Perdão, achei que sabia.

– Eu não sei de nada. Eu estava no teatro e de repente passei mal, tive que fugir e estou aqui, agora. Carmem ficou em silêncio e se aproximou da janela, observando a rua atentamente pelo vidro. Depois de alguns minutos, ela se movimentou rapidamente e se aproximou da sua cômoda, retirando uma colcha preta e cobrindo a cama com ela.

– Você terá suas respostas em breve. – ela disse, terminando de esticar a coberta.

Inácio escolheu esse momento para entrar no quarto e despejar Fernando em cima do colchão. Carmem havia feito bem em cobrir sua cama, porque a blusa de Fernando estava empapada de sangue. O homem estava mais pálido do que nunca e soltou um gemido de dor ao tentar se movimentar.

– O que houve? – eu me levantei, preocupada.

Não obtive respostas porque nesse instante Alberto e Dr. Lucas chegaram. Alberto despejou o corpo de Pedro num canto, no chão, e pude ver um corte horrível em seu braço. Dr. Lucas se jogou na poltrona do meu lado, a respiração descompassada e o seu supercílio aberto. Carmem entregou um lenço para Dr. Lucas pressionar na testa, enquanto Alberto e Inácio se debruçavam sobre Fernando para prestar os primeiros socorros.

– Você é uma garota muito teimosa. – Alberto vociferou, enquanto rasgava um pano qualquer.

– Eu? – falei, assustada.

– Não, eu – Carmem falou rapidamente, se aproximando da cama. – Me desculpe se eu me recuso a fazer do meu quarto o seu hospital particular.

– O que aconteceu? – eu insisti. – Fernando está bem?

– Ele foi jogado em uma vidraça. – Dr. Lucas disse, um pouco exasperado. – E saiu inteiro. Podia ser bem pior. Mas no momento, devemos algumas explicações para a senhorita.

– Seria interessante. – eu segurei um pouco do meu vestido na minha mão, apreensiva.

– Me desculpe, senhorita Ana. – ele continuou, com um meio sorriso. – Por tudo, na verdade. Por estragar a sua noite, os seus sapatos, por trazê-la a esse lugar. Mas se não tivéssemos feito isso, você teria morrido.

– Lembra quando eu te dei aquela coisa ruim para beber? – Alberto havia terminado com Fernando e havia sentado ao lado dele, segurando a mão do rapaz na sua. – Foi o que te salvou. O seu acompanhante, que você chama de Pedro, havia lhe dado um composto misturado ao seu champanhe que paralisa as engrenagens do seu coração. Ele queria roubá-lo.

– Mas... eu achei que... – olhei para onde Pedro estava deitado. Seu peito subia e descia. Me senti traída. – Como vocês sabem disso?

– Eu digo – a voz de Fernando subiu fraca da cama e Alberto o ajudou a se sentar, de forma cuidadosa e carinhosa.

Eu estava vendo coisas.

– Nós trabalhamos para o imperador. Todos nós. – Ele segurou o ombro de Alberto, que passou a mão pela sua cintura de forma possessiva. A voz de Fernando estava diferente. – Lucas, é claro, é emissário da Rainha Vitória. De qualquer modo, fazemos parte de uma cúpula que investiga e protege as pessoas de males como os que viu lá fora. Autômatos, máquinas descontroladas, condes malucos que querem dominar o mundo. Você é a primeira na nossa lista de protegidos. Enquanto viajávamos, sofremos vários ataques que tinham como objetivo roubar seu coração. O presente que lhe dei hoje era um tipo de rastreador que Alberto fez e foi ativado graças à vontade teatral de seu querido Pedro.

– Pareceu-me lógico deduzir que ele se interessaria por uma réplica do que queria tanto. – Dr. Lucas continuou, lançando um olhar para onde Fernando encostava a cabeça no ombro de Alberto. – Então, fizemos com que ele fosse ativado quando outra pessoa que não você o tocasse. Estávamos dispostos a correr o risco. Alguma pergunta?

– O que é um autômato? – o questionamento saiu antes que eu pudesse refletir.

– Um morto reanimado com peças mecânicas. Eles não param até que se destrua seu órgão principal – foi Alberto que respondeu.

Deixei todas aquelas informações serem absorvidas. Poderia dizer que nada fazia sentido, mas não era eu a garota do coração mecânico? Fazia sentido que quisessem meu coração. Era algo único no mundo, que só os três médicos ali presentes sabiam exatamente como replicar. E quanto aos tais autômatos, como questionar a existência deles?

– E o que vai acontecer com Pedro?

– Ele é preso. Interrogado. Suspeitamos que trabalhe

para um velho conhecido nosso, mas sempre pode surgir uma nova ameaça. – o médico mais velho cruzou as pernas, pensativo.

– E por isso, pedimos desculpas. Por termos te envolvido nessa confusão sem pedir permissão – Fernando disse, a voz fraca como a de um menino.

– Por que estão pedindo desculpas? – eu me levantei, sentindo animação como nunca. – Antes dessa noite, a coisa mais emocionante que havia acontecido comigo era derrubar chá no colo da minha tia-avó! Tudo bem, vocês atacaram o meu pretendente e me arrastaram para um prostíbulo, mas eu corri! E pela primeira vez, eu me senti viva!

Doutor Lucas pareceu satisfeito com a minha resposta e se inclinou em minha direção, o lenço em sua mão pintado de rosa com o seu sangue, seus lábios curvados em um sorriso.

– Estou certo de que Sua Alteza ficaria satisfeito em ter mais uma agente como a senhorita... Como seu médico, acho que seria extremamente bom colocar seu coração à prova mais vezes.

Mal consegui conter meu entusiasmo quando concordei efusivamente, de uma forma que faria minha prima ficar horrorizada. Mas eu finalmente teria um propósito! Finalmente colocaria meu coração mecânico a prova.

Minha vida finalmente iria começar.

Vingança é uma palavra de
quatro letras

J. M. Beraldo

Beraldo é um nômade carioca que ganha a vida como game designer. Tem contos publicados na revista Scarium (2006, 2008), nas antologias "Brinquedos Mortais" (2012) e "Sagas 4" (2013); publicou os romances "Véu da Verdade" (2005) e "Taikodom: Despertar" (2008); criou o conteúdo dos jogos Taikodom (2007-11), Pet Mania (2011), World Mysteries (2011-12) e Flying Kingdoms (2012); e escreveu uma penca de ebooks de RPG pela Eridanus Books. Tem ideias demais e tempo de menos, mas jura que um dia coloca tudo para fora.

Antônio deu uma mordida na laranja,

espirrando suco e sementes para todo o lado. Ele nem ligou. Seus olhos estavam nos galeões que entravam na Baía de Guanabara, cortando as águas na direção da Ilha das Cobras, onde os oficiais da rainha procuravam por contrabando e cobrariam uma pequena fortuna de qualquer navio sem a bandeira inglesa.

O garoto não tinha certeza de porque a Rainha e sua família tinham vindo para o Rio, nem porque havia tantos navios ingleses no porto. Ele não tinha coragem de perguntar. Para ele, a chegada dos estrangeiros só significava uma coisa: dinheiro.

Uma onda de fedor atingiu as narinas do garoto. Procurou por cima dos ombros pela origem, encontrando um escravo que se aproximava. Curvado, caminhou até a beirada do porto e abaixou-se para colocar no chão o barril que trazia nas costas. Passou um braço pela testa, liberando uma cascata de suor. Uma rápida olhada na direção do barril revelava não só a origem do cheiro, mas a função do escravo.

– Oi – disse o garoto, voltando a morder a fruta. Ele pensou em oferecê-la, mas percebeu as mãos sujas do sujeito. Faixas brancas marcavam suas costas negras onde uma trilha da urina e das fezes dos seus senhores escorreu e secou sob o sol.

Os olhos do homem desviaram-se para o garoto por um breve momento, amarelados, raivosos. Ele murmurou qualquer coisa, então lambeu os lábios e virou o barril na água do mar. A substância marrom atingiu as águas da baía, respingando em um barqueiro que passava por perto na direção do trapiche. O homem reclamou, mas o escravo o ignorou. Uma vez que o barril estava vazio, o escravo recolocou-o às costas e fez o caminho pelo Paço Real e de volta pelas ruas do Rio de Janeiro.

Enquanto Antônio observava o pobre homem partir, imaginando o quão miserável devia ser a vida daquele tipo de gente, uma sombra refrescante surgiu sobre sua cabeça. Por um momento, o sol que vinha fazendo de sua cabeça um assado desapareceu.

– De quem você roubou isso?

Antônio se virou e deu dois passos para trás, uma mão sobre os olhos assim que o sol voltou a atingi-los. Dois homens emoldurados pelo sol observavam-no a poucos passos de distância. O sorriso em seus rostos não era nada amistoso. Nem eram os uniformes azuis da Polícia Real do Rio de Janeiro. O garoto olhou para baixo, encontrado porretes em suas mãos.

– Num robei nada não! – Ele gritou, irritado. Como que por reflexo, cobriu a metade de laranja com as mãos e o corpo. – Eu comprei!

Os dois policiais se entreolharam.

– Desde quando escravo compra alguma coisa?

– Desdi que ele é di ganho, ué.

A declaração orgulhosa pareceu pegar os dois policiais de surpresa. Voltaram a entreolhar-se em silêncio, como se conversando por pensamentos. Então um deles, o pior deles, abriu um sorriso amarelo.

– Ah, é? – perguntou o Cabo Cardoso. – Então prove.

Antônio soltou o trapo que segurava suas calças e puxou de dentro uma pequena bolsa de pano. Nunca se sabe o que pode te acontecer, e o Rio não é dos lugares mais seguros. Ele chacoalhou a bolsa diante dos policiais, um sorriso largo no rosto em resposta ao tilintar das moedas.

O sorriso desapareceu tão rápido quanto a bolsa.

– Ei! Isso é du meu sinhô!

– Mesmo? E por que tu não chamas a polícia, então?

Eles riram da própria piada. O sorriso no rosto cheio de cicatrizes de Cardoso se transformou em uma careta feia e o porrete atingiu Antônio na perna. O garoto desmontou, caindo no chão. A laranja escapou. Antônio nada pode fazer enquanto a fruta rolava pelo chão e para dentro das águas da baía, flutuando em ondas de cocô.

Na última vez em que Antônio voltou para casa sem o ganho do dia, nhô Teodoro o lembrou quem ele era. O garoto ainda podia sentir as cicatrizes que marcavam suas costas. Não que seu senhor fosse ruim, não na maior parte do tempo. Não era nada como os fazendeiros dos sítios mais afastados do centro. Nhô Teodoro até deixava Antônio ficar com um pouco dos ganhos. A cada dia Antônio ia correndo até o Morro do Valongo para comprar um doce com uma das negras livres.

– Cê devia é guardá o ganho pra comprá sua liberdade – diziam elas.

Antônio ria, enfiava o quindim na boca e corria para longe.

Ele tinha liberdade. Fazia o que queria durante o dia, contanto que sempre tivesse uns tostões para nhô Teodoro no final do dia.

Se não tivesse...

Já era tarde e não havia muito tempo para Antônio recuperar seus ganhos. Não se ficasse parado remoendo a perda.

Antônio desceu a rua Direita até os armazéns onde os ingleses descarregavam seus barcos. Se havia um lugar para encontrar dinheiro era por lá! Estrangeiros sempre tinham trocados para dar para alguém que conhecia bem a cidade e ninguém era melhor em navegar pelos labirintos do Rio de Janeiro do que Antônio.

Homens de todos os tipos, cores e formas se aglomeravam perto do cais, falando as mais estranhas línguas. Sua mãe uma vez disse que antes do príncipe se mudar para o Rio, todo o tipo de estrangeiro visitava a cidade. Agora era como se todos fossem ingleses, ou pelo menos trabalhassem para eles. E a rainha não era portuguesa? Bom, talvez fosse porque ela gostava dos ingleses, ou talvez porque fosse doida. Antônio ouviu dizer que os ingleses salvaram Dona Maria de um general anão tão doido como ela e por isso eles não tinham voltado para lá até hoje.

– E pru que o príncipe e a corte tão aqui ao invés de lá, lutando na guerra? – perguntou o menino.

A mãe deu-lhe um tabefe na cara por falar mal dos

nobres. Talvez ela tivesse medo do nhô Teodoro ouvir. Ele gostava de se enfeitar e se perfumar que nem os portugueses e fingir que era um deles.

Antônio encontrou quem estava procurando descendo de um barco perto do cais. Jaqueta azul escura, longas meias brancas e peruca branca cacheada: decerto era um capitão inglês! E olha como ele suava com toda aquela roupa! Por que qualquer um usaria uma roupa dessas?

O capitão parou para conversar com um marinheiro em sua língua esquisita, distraído demais para perceber Antônio se aproximar. O garoto não fazia ideia do que ele dizia. Era como se o capitão tivesse um ovo na boca. Balançava um lenço como se tentando espantar as moscas.

– Vosmecê precisa dum guia? Eu conheço toda a...

O inglês passou direto sem nem olhar para o garoto. Talvez ele não falasse português. Por que alguém iria até o outro lado do mundo se ele não sabia falar português?

O sujeito parou ao lado de um carregamento de engradados recém-tirados do seu barco. Tirou a tampa e começou a mexer no que havia lá dentro. Resmungava algo em sua língua. Antônio esquivou-se entre marinheiros e estivadores até chegar até ele. Subindo em uma das caixas, olhou por cima do ombro do inglês para o que tinha lá dentro.

Eram panos de algum tipo, como um lençol, mas peludo como um javali. Não, mais. Era como os saguis que roubavam comida na sua casa. Mas esse inglês precisava ter matado uma família inteira de saguis para costurar um cobertor daqueles!

– Vosmecê qué vendê cobertor de pelo de macaco? Eu arranjo alguém pra comprá.

Antônio pegou a ponta de um dos lençóis e já sentia vontade de suar só de tocar. Com certeza isso não servia para dormir!

O inglês bateu em sua mão, gritando para ele. Antônio esperava pedaços de ovo escaparem da sua boca, mas pelo jeito era só o jeito esquisito dele falar.

Mãos pegaram Antônio por trás, tirando-o de cima da caixa. Nem chegou a começar a balançar as pernas e foi jogado no chão. O marinheiro que o tinha feito xingou metade em português, metade em castelhano, então cuspiu no chão e mostrou dois dedos abertos. Antônio só podia imaginar que aquilo era algum tipo de xingamento ainda maior do que ele disse. O garoto reagiu do jeito que sabia. Abaixou as calças e mijou na direção dos dois.

Ele ainda estava amarrando as calças quando teve de correr do marinheiro com um porrete.

Quando as coisas desse mundo não dão certo, você vai atrás das coisas do outro. Era isso que a Vovó dizia.

Vovó Conga não era avó de Antônio. Não de verdade. Ele nunca teve família além da mãe. Quando nhô Teodoro comprou a mãe, Antônio veio junto na barriga. Dois pelo preço de um, ele dizia algumas vezes, rindo quando Antônio trazia os ganhos do dia.

Mas a Vovó era a avó de todos.

Ela vivia em uma casa no Morro do Valongo junto com os outros pretos livres. Seu último senhor morreu uma década antes, mas não sem lhe dar sua liberdade. As pessoas diziam que era porque ela era abençoada.

Velha que era, Vovó Conga era cercada de cuidados e interessados, vivos e mortos. Toda quarta-feira de noite ela se juntava aos outros pretos livres para comemorar. Nem a polícia ia lá no alto do morro nesses dias. Tinham medo dos espíritos e dos capoeiras.

Mas ainda era segunda e Antônio não tinha tempo para esperar.

Mesmo com a insistência juvenil de Antônio, Vovó Conga levou um tempo para abrir a porta e mais tempo ainda para preparar café para os dois. Ela insistia. Disse que daria tempo do garoto contar sua história. E ele o fez de seu próprio jeito. Teve de se repetir algumas vezes, parar e responder perguntas. Estava tão desesperado que pulava pedaços e tropeçava nas suas próprias verdades. Pacientemente, Vovó Conga o ouviu. Talvez ela só estivesse acostumada a ouvir os desesperados.

Em algum momento durante a história a coisa acontece.

– Você quer justiça.

Não era mais a voz da Vovó Conga. A não ser que ela tivesse misturado algo bem forte naquele café. Era a voz de um homem, forte e segura. A voz de um rei – não o rei do Brasil. Esse soava como um bêbado que comeu de mais.

Antônio concordou com a cabeça. Colocou a caneca

na boca mais pra ocupar a boca do que para beber. Tinha certeza que se falasse ofenderia o orixá.

– Você vai fazer uma oferenda em meu nome. Quiabo, cebola e pimenta de dendê em uma folha de couve-flor. Coloca em um lugar santo e acende uma vela. Xangô o protegerá do seu senhor. Xangô punirá seu carrasco.

Antônio encarou em silêncio a senhora que nunca esteve tão ereta em toda sua vida. Ela parecia prestes a pular pela janela, bater no peito e gritar ao mundo que queria guerrear.

– Eu num tenho dinheiro pra essas coisa – confessou Antônio por detrás da caneca.

A velha possuída ergueu uma sobrancelha imperial.

– Então roube.

– Eu num sô ladrão!

A resposta pegou o orixá de surpresa. Ele se aproximou e se curvou, os olhos bem perto dos do garoto.

– Você quer sua vingança ou não?

– Quero sim! E o ganho do meu sinhô!

Xangô riu com os lábios de Vovó Conga. De alguma forma ele fazia da boca murcha e sem dentes algo ameaçador.

– Não sem uma oferenda.

– Cê pode cavalgá nimim, que nem faz com a Vó. Ela tá toda velha e enrugada. Cê vai precisá dum cavalo novo.

Xangô se afastou, visivelmente ofendido. Ou talvez fosse a Vovó Conga.

– E você acha que eu preciso da sua permissão para tomá-lo?

Antônio nunca tinha parado para pensar nisso. Começou a pensar quando percebeu que estava sentado no meio da rua no pé do Morro do Valongo. Suas pernas queimavam como se ele estivesse correndo e seus ombros doíam como se tivesse carregado um barril de merda. Pelo menos agora ele sabia porque a Vovó Conga andava tão torta.

Se nem os brancos nem os pretos podiam ajudá-lo, quem sabe os índios?

Não tinham tantos no Rio. Engraçado que tinha tanto lugar com nome engraçado, nome de índio, mas nem se viam muitos por aí.

Mas ainda existiam mais árvores e bichos do que casas e ruas no Rio. Antônio sempre ouvia os marinheiros falarem sobre cidades de verdade do outro lado do oceano, umas com prédios mais velhos do que tudo. Pessoalmente, Antônio preferia uma cidade pequena mesmo, com casas novas. Sua casa até fedia de vez em quando, mas com certeza devia ser melhor do que uma com um milhão de anos!

Quanto mais Antônio andava para longe das docas e da rua Direita, mais verde o Rio ficava. As mudanças que vieram com a família real não chegavam tão longe. Vendedores de rua e senhores de terras foram substituídos por micos e araras. Engraçado como eles eram parecidos:

barulhentos, exagerados e coloridos.

Diziam que a maioria dos índios daquela província tinha sido morta muito tempo atrás, mas Antônio já tinha visto um uma vez, trazendo uns bichos para vender. Os que não vinham mortos, para comer, os europeus compravam para levar em seus barcos. De repente não existiam tantos de onde eles vinham. E se os estrangeiros compravam, porque não teriam mais índios por ali vendendo?

Do lado oposto do Morro do Valongo ficava o Morro do Desterro. O aqueduto ligava o Morro do Santo Antônio com o Morro do Desterro e alimentava a cidade com a água do Rio Carioca - outro nome de índio. Em algum lugar no meio daquele mato todo devia ter índio. Ou pelo menos era isso que Antônio pensava.

Antônio não sabia nada sobre magia de índios, mas tinha ouvido falar de espíritos das matas, fantasmas que roubavam seu ar e que o afogavam no rio. Talvez um chefe índio pudesse ajudá-lo com isso. Um bom susto devia ser o suficiente para o Cabo Cardoso devolver seu ganho do dia.

Isso, claro, se o índio quisesse ajudar. Será que ele ia pedir uma oferenda? Mas ele vivia na floresta! Se ele quisesse, era só pegar, ué. Talvez Antônio pudesse se oferecer a fazer seja lá o que for que índios não gostam ou não sabem fazer.

– O que um pretinho que nem você está fazendo assim tão longe da cidade?

Antônio pulou com o som da voz. Virou-se esperando

dar de cara com um velho índio surgido do meio da mata. Encontrou um garoto negro não muito mais velho que ele se apoiando em uma árvore.

– Ah – foi tudo o que Antônio conseguiu dizer.

Ele pensou em jogar a pergunta de volta, pensou em dizer que o Morro do Desterro ainda era parte da cidade. Foi quando ele percebeu duas coisas: o gorro vermelho na cabeça do garoto e o fato de ele só ter uma perna.

Uma enxurrada de histórias inundou as memórias de Antônio, de rabos de cavalo trançados a armas explodindo na cara de soldados, de sal trocado por açúcar a caçadores experientes perdidos para sempre na mata.

A criatura tirou do nada um cachimbo e o colocou na boca.

– Vamos lá. Cê consegue. – O rapaz disse, um sorriso no rosto, uma mão chamando as palavras para fora da boca do garoto.

– Saci-pererê...

– E vosmecê é o Antônio – respondeu o Saci, apontando com seu cachimbo.

Antônio não queria perguntar como ele sabia. Estava tremendo demais para falar. Talvez se ficasse quieto ele partisse sem fazer nada.

O Saci olhou para o buraco de tabaco no cachimbo e bateu com ele no tronco da árvore. Não parecia muito feliz.

– Cadê meu tabaco? – perguntou, sem nem tirar o olho do cachimbo.

Antônio não sabia como responder. Foi o que atraiu a atenção do Saci. Olhou para sua mão estendida, percebendo que estava vazia. Ele suspirou, os ombros caídos.

– E cê não trouxe cachaça também?

Antônio balançou a cabeça lentamente.

– Eu estava procurando um índio – sussurrou.

– Pra quê? O que ele ia fazê? Te dá um mato? Dançá em volta de uma fogueira? Jogá cocô de passarinho em ocê? Eu posso fazê isso se ocê quisé. Vai sê engraçado. Mas não vai conseguí seu dinheiro de volta.

– Vosmecê pode me ajudá com isso?

– E porque eu ia perdê meu tempo cocê? Dá pra ver que cê não tem nem tabaco nem cachaça. A não sê que tenha aí na sua calça. Tem?

Antônio balançou a cabeça o máximo que podia.

– Bom, cê não pode ganhar sempre. Eu posso. Ocê, não.

O garoto estava confuso demais para responder. Nem sabia se devia. Será que o Saci podia ajudá-lo? E, se ajudasse, por quê?

– Porque vai sê divertido!

Antônio piscou. Ele tinha pensado aquilo em voz alta?

De alguma forma, o Saci apareceu do seu lado, um braço sobre seu ombro. O cachimbo vazio balançava perto do nariz do garoto. Tinha cheiro de tabaco e mais alguma outra coisa. O bafo cheirava a bebida.

– Escuta, eu não gosto desses brancos. Como cês chamam eles?

– Europeus?

– É, isso. Eu não gosto docê também. Cês invadiram meu mato, não tem respeito por ele. Mas pelo menos ocê foi legal comigo, então acho que eu desgosto menos de você. Faz sentido?

– Eu acho que sim...

– Aqui.

O Saci tinha uma goiaba enorme na mão. De onde ela saiu? Parecia perfeita, amarela, cheirosa. Mais cheirosa que o tabaco e a cachaça no hálito do Saci. Antônio sentiu a boca salivar, e percebeu que não tinha comido nada desde que sua laranja mergulhou no mar.

– Não é procê – disse o Saci, tirando a fruta de perto das mãos do garoto. – Isso é pro Cabo Cardoso.

Essa era a ideia mais idiota que Antônio tinha ouvido em muito tempo, e ele deixou isso bem claro pelo jeito em que olhou para o Saci. Por que ele daria uma fruta tão gostosa para o homem que começou todo o problema? A não ser que ele jogasse a fruta bem na cabeça dele. Ou talvez... ou talvez se dentro da fruta ela fosse toda podre e cheia de bicho.

Um sorriso enorme cresceu no rosto do garoto. Era óbvio que esse era o plano do Saci. E ele sorriu um sorriso largo, concordando com a cabeça na medida em que Antônio entendia o plano.

– Cardoso e só o Cardoso – disse o Saci, deixando a

goiaba cair nas mãos do garoto. – Não coma, não lamba, nem esfregue-a no rosto, seja lá porque você faria isso.

A barriga do garoto roncou.

Uma banana caiu no chão bem diante dele. Antônio olhou para cima e viu o Saci sentado no galho de uma árvore.

– Agora vai. Cê perdeu a graça.

Nem foi difícil encontrar o Cabo Cardoso.

Até Antônio voltar ao Paço Real, o céu já estava pintado de vermelho que nem um tomate e os acendedores de lampião já estavam trabalhando. Pelo menos isso era bom dos estrangeiros. As pessoas tinham medo de andar na rua depois que escurecia e agora não ficava mais tão escuro.

Antônio sempre tinha achado o Paço um lugar engraçado. De um lado ficava o mar, oposto à catedral e duas igrejas, só para ter certeza de que Deus ia proteger a cidade. De outro, o palácio do príncipe, todo acesso a essa hora. Uma vez Antônio tentou entrar durante o beija-mão. Estava louco para ver uma rainha de verdade, mas lá dentro só viu um gordo entediado e uma mulher raivosa de bigode. Nenhum dos dois usava coroa. E do lado oposto ao palácio estava o Arco do Teles.

Antônio passou pelo arco já imerso em sombras. Pulou quando um mendigo, até então escondido na escuridão do arco, saltou para pegar a goiaba em sua mão. Antônio disparou a correr, ignorando os gritos do mendigo e a risada de uma prostituta.

O Arco do Teles costumava ser um atalho para a rua do Ouvidor. A rua era atulhada de prédios de dois e três andares que uma vez foram restaurantes, lojas e hospedarias. Ou pelo menos era o que se dizia. Antônio só conheceu aquela rua tortuosa como um lugar a se evitar depois do por do sol.

Ele se esgueirou invisível entre dois marinheiros conversando com uma prostituta ao lado de um bordel e se escondeu na entrada de um prédio abandonado que uma vez foi uma taverna. De onde estava, tinha uma visão clara de outra taverna onde a rua fazia uma curva súbita para a esquerda. Cardoso estava lá, um braço agarrando a cintura de uma prostituta, o outro no ombro do dono do lugar. O cabo não parecia ligar para o fato do sujeito ser suspeito do assassinato do antigo dono da taverna onde Antônio se escondia. Na verdade, eles pareciam grandes amigos.

Assim que Cardoso saiu da taverna, carregando a prostituta com ele, Antônio avançou. Depois de uma rápida corrida, começou a caminhar pelo meio da rua assobiando uma música de capoeira, jogando aqui e ali palavras africanas que ele achava conhecer. Pessoas como Cardoso não perdiam a oportunidade de bater em qualquer escravo ou homem livre pego jogando capoeira ou cantando músicas africanas. Supostamente era porque a rainha era uma mulher muito católica, mas Antônio achava mesmo é que a polícia tinha certeza de que aquilo tudo era na verdade o jeito dos negros se defenderem.

E Cardoso com certeza já tinha apanhado de algum capoeira.

Só para ter certeza que foi visto, Antônio passou caminhando o mais perto possível de Cardoso, um sorriso largo no rosto. Até cumprimentou o cabo. Na mão, jogava a goiaba de cima para baixo.

– Ei, moleque! – Cardoso puxou seu braço com tanta força que a fruta quase escapou e caiu numa poça de água suja. – Me dê isso aqui.

– Ei! É meu!

A fruta não caiu na poça, mas Antônio, sim. Cardoso aproveitou para empurrar o garoto, para ter certeza que se sujava mais. Riu e abocanhou a fruta, fazendo questão de mostrar o quanto ela era gostosa. Antônio só conseguia encarar boquiaberto. Cardoso estava rindo! Cumprimentou o garoto com um aceno e despareceu pela porta de um cortiço, fruta numa mão, prostituta na outra.

Será que o Saci o enganou? Tinha sido porque Antônio não levou nada em troca? Ele provavelmente estava rolando no mato de tanto rir. E agora Antônio não tinha mais nada. Sem um tostão, sem uma fruta. Ele devia ter ido para casa. Pelo menos teria ido dormir com a barriga cheia.

Antônio ainda estava sentado do meio-fio, as calças e pernas pingando água suja, quando a prostituta correu aos tropeços para fora do cortiço aos gritos.

– Ajude! Alguém ajude ele!

Antônio pulou de onde estava, passando pela mulher e subindo as escadas. Não conseguiu deter um sorriso enorme que surgiu no rosto. Será que o policial tinha vomitado na cama? Será que tinha tido uma diarreia daquelas? Ah, isso ia ser engraçado! Antônio correu escada acima, três degraus por vez, até a porta aberta que levava ao quarto da prostituta. Lá, ele congelou.

Cardoso estava de joelhos, uma mão na garganta, a outra apoiando o corpo pálido e suado. Sangue escorria livre da sua boca, formando uma poça que parecia não terminar nunca. Coisinhas brilhavam em meio ao vermelho escuro.

Eram cacos de vidro.

Uma goiaba parcialmente comida estava no chão. Parecia perfeitamente gostosa.

Por um longo instante o garoto não soube o que fazer. Cardoso tossia violentamente, cuspindo sangue e vidro. Seus olhos rolaram e ele caiu de lado no chão.

Do lado de fora gritos e passos apressados se tornaram mais próximos. Antônio se lembrou do dono da taverna. Sem pensar duas vezes, Antônio correu na direção do cabo, as mãos procurando na jaqueta do policial, os olhos no rosto pálido manchado de vermelho. As mãos encontraram o que ele procurava.

O policial moribundo agarrou o pulso do garoto.

– O que você fez, moleque?

– Eu num fiz nada!

– Você me matou!

– Eu não! Foi o Saci!

Os olhos do cabo se arregalaram. Ele tossiu de novo, o

corpo estremecendo. Golfadas de sangue e vidro saltaram para fora, escorrendo pela bochecha.

Antônio se afastou, escapando da mão do policial. Tropeçou e caiu para trás de bunda no chão.

Sem perder mais tempo, Antônio virou a bolsa de moedas no chão entre suas pernas. Tinha lá muito mais do que o que ele roubou de Antônio.

O garoto olhou para o cabo. Ele tinha parado de tossir. O corpo tremia vez ou outra, como se tentando controlar a tosse. Dos olhos, Antônio só podia ver o branco.

Antônio pegou exatamente os ganhos do dia e deixou o resto lá. Ele não era ladrão. Abraçou o corpo, as moedas escondidas na mão, e saiu correndo. Parou na porta tempo o suficiente para pegar a goiaba. Antes de desaparecer no caminho para casa, Antônio passou pelo caís. Jogou a goiaba o mais longe possível. Com um suspiro de tristeza, o garoto deu as costas e correu de volta para casa.

Na manhã seguinte, Antônio passou correndo por uma negra livre que carregava uma bandeja cheia de doces equilibrada sobre a cabeça.

– Ei, moleque! Não vai comprá seu quindim hoje?

Antônio parou tempo suficiente para mostrar o que carregava.

– Já gastei tudo o que eu tinha hoje. Desculpa!

E voltou a correr, seguindo a rua Direita até o Morro do Desterro. O cheiro do tabaco embrulhado e o peso da garrafa de cachaça não o incomodavam.

A última coisa que ele precisava agora era dever qualquer coisa ao Saci-pererê.

João
Anticristo

Rodrigo van Kampen

Rodrigo van Kampen cresceu em Holambra/SP, passou por diversas cidades e hoje mora em Campinas/SP. É formado em jornalismo, trabalha com publicidade, mas quer mesmo é viver de literatura. É editor da Revista Trasgo, de ficção científica e fantasia, e publica seus projetos literários em seu site.

– Merda, merda, merda! – João não queria pegar o acesso para rodovia dos Bandeirantes, mas nem conseguia ver direito para onde ia. Explodindo o motor de sua Honda Biz, mal conseguia 100km/h, o que era muito pouco para fugir daquelas três figuras negras que voavam atrás dele pela marginal Pinheiros.

Com braços esticados, vestes negras esvoaçantes e rostos escuros nos quais só era possível ver os terríveis olhos vermelhos por trás dos óculos, pareciam um clichê de filme de terror B.

Olhou novamente para frente, a tempo de ver o caminhão lento e desviar para o lado esquerdo, se esgueirando entre ele e uma Ecosport vermelha que buzinou freneticamente com o susto.

– Merda! – Se não fosse pego pelos demônios, ia morrer embaixo das rodas de um caminhão, o pequeno capacete coquinho azul melecado de miolos. Belo modo de completar 21 anos.

Ouviu o poc poc poc característico de motos grandes. As três Harley-Davidsons o cercaram, uma de cada lado e outra por trás. Seus pilotos com jaquetas negras e óculos escuros sorriam para ele, se aproximando cada vez mais. João não conseguia acelerar mais, e se freasse seria atropelado. Antes que se desse conta do que estava acontecendo, vieram para cima, prensando-o. A última coisa de que se lembraria seria do asfalto se aproximando e de um único pensamento: "Merda."

A cabeça de João parecia que ia explodir de tanta dor.

O que era uma coisa boa, já que significava que ela estava em seu devido lugar.

Estava em uma cama confortável. O teto era quase branco, cor da cortina na pequena janela, assim como as paredes do quarto de hotel genérico. Um pequeno frigobar vibrava no canto, competindo com a TV ligada baixinho, na qual a Ana Maria Braga explicava para o Louro José como fazer doce de banana.

– Maria Lúcia faz um doce de banana incrível. – Não percebeu que havia pensado alto.

– Que bom que acordou.

O homem ao seu lado era alto e magro, na faixa dos cinquenta anos. Tinha os olhos azuis e a barba por fazer, dourada como o cabelo cacheado. Usava uma camiseta preta com um grande trevo de quatro folhas, onde se lia "Flogging Molly".

– Eles são bons – disse João. O homem sorriu.

– Qual a sua favorita?

– Saints and Sinners.

– Adoro essa também – respondeu o homem, com as mãos em seus ombros.

Aos poucos sua memória foi encaixando as peças no lugar. A comemoração no São Cristóvão. Sua mãe contando pela milésima vez como escolheu seu nome em homenagem ao taxista muito simpático que a levou para o hospital no dia do parto, porque havia caído uma árvore em frente à casa, bloqueando a saída do carro. A briga besta com o garçom pelo erro na quantidade de pastéis. A briga séria com Maria Lúcia. Demônios voadores.

Harleys. Reconheceu o homem ao seu lado como um dos pilotos, o que não era um bom sinal.

– Quem é você? O que eu tô fazendo aqui?

– Eu sou Gabriel. E você vai morrer seguindo os rituais. – disse, como quem diz "O almoço logo será servido e hoje teremos picanha ao alho".

João tirou cinco segundos para refletir sobre aquilo. Percebeu finalmente que seus pés e mãos estavam amarrados. Isso explicava a coceira nos pulsos.

– Você é o quê, algum tipo de demônio?

– Quase isso. Sou um anjo. Gabriel. O Gabriel.

João refletiu por mais cinco segundos.

– Por que eu?

– Porque você é o Anticristo.

– Que merda é essa?

– O Anticristo, o homem vil, filho da perdição, abominável da desolação e assim por diante.

– Porra, eu sabia que falsificar carteirinha de estudante não era legal, mas tudo isso?

– Ah, não, isso não tem nada a ver com o que quer que tenha feito. Você nasceu Anticristo.

– Mas que... caralhos?

– Está escrito que, a cada duzentos e setenta anos, a décima-terceira criança nascida no décimo terceiro dia do sétimo mês cujo nome começa com décima letra do alfabeto será o Anticristo. Ou seja, você.

– E por que eu tenho que morrer?

– Não é simplesmente morrer. Existe uma guerra lá

fora, acho incrível como vocês, humanos, estão bem no meio dela, mas nem percebem. A cada duzentos e setenta anos, nasce uma criança capaz de mudar todo esse jogo de poder, o Anticristo. É como uma carta coringa. Nós podemos te matar seguindo o nosso ritual e garantimos que o mundo continue existindo, ou os outros caras te matam seguindo o ritual deles e o mundo acaba.

– E se eu continuar vivo?

Gabriel riu, como se tivesse acabado de ouvir uma criança perguntar por que bolo de chocolate tem que ir no forno antes de comer.

– Cara, você é o azarão. Você acha que o nosso lado ou o deles ia te deixar para lá?

João estava começando a se acostumar com a ideia de morrer. Só estava torcendo para que o ritual não fosse muito doloroso. Ou vexatório.

– De que lado você está, mesmo?

– Dos caras que não querem que o mundo acabe.

– Do bem?

– Bem contra o mal não existe. Nós só temos um departamento de marketing muito melhor que eles.

João respirou fundo, olhando para o teto quase branco e pensando no que deixaria para trás: uma conta com meio salário mínimo, um apartamento alugado, alguns amigos pouco importantes e Maria Lúcia. Queria poder ter acertado as coisas com ela. Ela merecia coisa melhor de qualquer jeito.

– Tem alguma coisa que eu possa fazer?

– Não, cara, você já está morto – respondeu Gabriel,

dando dois tapinhas em seu peito.

A porta do quarto apitou com o cartão destravando a porta. Dois homens entraram, um alto como Gabriel e outro mais baixo, um pouquinho gordo, que vestia um terno branco impecavelmente limpo. Ambos eram loiros e tinham cabelos cacheados e olhos azuis.

– Mas que merda, Gabriel, caralho! – disse o mais baixo. – Você nem arrumou o cara ainda! Que porcaria você ficou fazendo esse tempo todo, assistindo a loira aí falar com o papagaio?

Gabriel respirou fundo, visivelmente de saco cheio:

– Calma, Miguel, ainda são dez da manhã. O ritual é só meia-noite, até lá a tinta já secou e vamos ter que fazer tudo de novo!

– Não interessa, seu merda! Se eu mando você preparar o cara, você prepara o cara! É assim que funciona.

Algumas pessoas aguentam um superior mala por vinte anos antes de explodir e atirar computadores pela janela do quinto andar. Outros resistem uma carreira inteira, cinquenta anos de miséria planejando vinganças secretas e espetando palitinhos em um boneco de pano. Gabriel tinha uma paciência angelical, mas depois de cinco mil anos até os anjos ficam de saco cheio.

Gabriel sacou a Glock do coldre em sua cintura, cantando baixinho: *Every saint now has a past, so may the sinners' future last...*[1]

---

1 *Todo santo tem um passado, então que o futuro do pecador seja longo.* (tradução livre)

Olhando nos olhos de Miguel, o anjo abriu um sorriso largo.

– Quer saber, Miguel? Vai se foder! – E deu três tiros certeiros na cabeça de João.

Sabe, a morte odeia paradoxos. Ela prefere as coisas muito bem definidas: vivas ou mortas. Sabe aquela história do gato vivo e morto ao mesmo tempo na caixa? Era uma piada para zoar a morte, mas ela não riu. João não poderia simplesmente morrer, porque nenhum dos lados havia cumprido os rituais e existiam regras para isso neste mundo. Mas se há outra coisa em que a morte é muito boa é em varrer a sujeira para baixo do tapete. E, convenhamos, era muito mais fácil deixar João vivo em algum canto e fingir que nada disso tinha acontecido.

– Ei, você, mesa 17, vamos!

João estava com dois pratos de tagliarini à carbonara nas mãos. Percebeu que vestia um avental branco de garçom, com detalhes em vermelho e verde. Nas paredes de tijolinho em sua frente havia prateleiras com os mais variados vinhos. O maître deu um tapinha em suas costas e apontou para um casal no canto.

– Mesa 17, acorda! Quem contratou esse cara?

João levou os pratos para o casal e os serviu, sem entender o que estava acontecendo ou o que ele estava fazendo ali.

A mesa ao lado tinha seis homens de terno

impecavelmente alinhados e cabelos escuros lotados de gel. Poderiam ser advogados ou gângsteres, dependendo do ano. Todos olhavam fixamente para ele como leões para uma gazela. Eles se levantaram vagarosamente.

João saiu correndo, derrubando outro garçom com uma bandeja cheia de pratos sujos, seguido de perto pelos seis homens, que correram atrás dele pelo restaurante.

Assim que saiu do restaurante, se viu na zona oeste de São Paulo, no bairro onde havia morado alguns anos antes. Um barulho de pneus cantando chamou a sua atenção. Um Audi R8 preto parou na sua frente com a porta aberta e alguém gritou seu nome de dentro dele.

João não pensou duas vezes antes de saltar para dentro, fechando a porta enquanto o motorista costurava o trânsito pelas ruas da cidade.

– Obrigado – disse, finalmente olhando para quem dirigia o carro. – Caralho, você atirou em mim! Você me matou!

– Você parece bem vivo pra mim – respondeu Gabriel, entrando no corredor de ônibus da avenida Rebouças para desviar de um Palio azul que obedecia os limites de velocidade.

– Belo carro – comentou João, reparando no teto em couro.

– Obrigado. Quando se vive tanto tempo quanto a gente você aprende a ter bom gosto.

– O que acontece agora?

– Acho que sei um jeito de livrar sua pele.

– Por quê?

– O Miguel consegue ser insuportável às vezes. E agora ele quer me pegar. E pegar você também, então estamos no mesmo barco.

– Quem eram o caras no restaurante?

– Os caras do outro lado. Estão atrás da gente. Os dois lados estão atrás da gente.

– Merda... E agora?

– Agora eu te levo para conhecer a Princesa.

Estavam subindo a rampa da Rodovia do Bandeirantes, seguindo em direção ao interior. O carro roncou alegre com a pista larga, subindo o conta-giros como uma besta em liberdade.

Seguiram por quinze minutos sem conversar, até passarem por um motoqueiro em uma Harley, o que fez Gabriel cortar o silêncio.

– Merda! Aquele era um anjo.

– Nada disso é real, né? Sério, anjos motoqueiros que se transformam em monstros voadores... E eu sou o Anticristo. Que viagem é essa? Que horas eu acordo?

– O mundo é louco, João. Muito mais do que você imagina. Você só deu o azar de ser sorteado. Aquele cara não vai conseguir nos pegar, mas agora sabe para onde estamos indo.

– E por que resolveram me pegar logo agora?
– Seu aniversário.

– Que que tem?

– Ninguém encosta o dedo em você antes dos seus vinte e um anos. Está na regra.

– Que merda de regra, quem escreveu essa merda toda?

– Devia ter mais respeito com Ele. Você está certo, mas está entrando em contato só com a parte mais básica das Leis. Tem muito mais burocracia daí pra baixo.

João estava cansado. Seu corpo doía e a visão começava a turvar. Seria bom poder descansar. Talvez para sempre.

– Não é melhor eu me entregar para vocês? Assim vocês fazem sei lá qual vodu comigo e o mundo não acaba. Tudo fica bem, Maria Lúcia continua viva, e o mundo segue.

Gabriel pisou no freio, cantando pneu e fazendo o carro dançar um pouco no asfalto, enquanto o jogava para o acostamento bem em frente a um caminhão. João bateu com a testa no vidro, gritando com o impacto. O anjo manteve a expressão serena.

– João, essa é uma escolha que você tem, e eu vou te respeitar se quiser isso. Mas olha, você é muito menos importante do que pensa. Isso tem muito mais a ver com a gente do que com o seu mundo.

– Ai, minha cabeça, desgraçado... O mundo não acaba se os outros caras me pegarem?

– Acaba, e daí? O mundo já acabou várias vezes. Vocês, humanos, que estão sempre muito ocupados com suas vidinhas e com o final da novela para perceber isso. O mundo acabou em 1452, em 642 e em mais alguns anos. Nas outras vezes pegamos o Anticristo antes deles.

– Como assim o mundo acabou?

– Toda vez que o mundo acaba, algumas regras mudam, certas tecnologias são substituídas e começa tudo de novo. Não é grande coisa, mas é um saco. É uma mudança grande, nada mais passa a ser como era antigamente. Quando nós ganhamos, conseguimos manter nosso jogo de poder, manter o status quo, continuar a mesma chatice, etc.

João começou a enxergar os motivos do anjo. Gabriel percebeu isso, e continuou:

– É isso mesmo, João. Eu cansei, quero a mudança. Mas eu não sou um cara do outro lado, sou um anjo. É melhor a gente continuar, a Princesa não gosta de atrasos.

Gabriel acelerou o carro novamente, desviando dos caminhões e dos outros carros da estrada com facilidade. A barba por fazer e os olhos azuis cansados tornavam-no cada vez mais humano.

– Onde estamos?

João tinha estado poucas vezes em Campinas, e na sua memória a cidade era menor. Eram 10 horas da noite e o trânsito ainda continuava movimentado, embora não houvesse mais sinal de congestionamento.

– Avenida Aquidabã. Uma amiga me deve um favor – respondeu Gabriel, olhando para os prédios antigos que contrastavam com a luxuosa entrada do hotel em frente ao qual estacionaram.

Não foi preciso encontrá-la.

– Gabi! Não acredito! – gritou uma moça alta e corpulenta que vestia um micro shorts e uma blusa de alcinha muito pequena para os seios empinados que exibia. Após alguns passos apressados com o salto agulha, João sentiu o cheiro forte de perfume barato da travesti.

– Oi, Keyssa – disse Gabriel, recebendo o abraço da amiga, mas sem retribuir com tanto entusiasmo. – Esse é o João.

– Oi, lindinho, muito prazer! – disse ela, estendendo a mão. E voltou-se novamente para o anjo, quase se pendurando em seu ombro.

– O que aprontou dessa vez, anjo? Deve ter sido coisa grande, vi gente dos dois lados passando por aqui! Está todo mundo fazendo barricada lá no estádio. Você deve ter aprontado alguma para se meter com o céu e com o inferno!

– É... O João é o Anticristo. Quero levá-lo para a Princesa.

Keyssa arregalou os olhos, assustada.

– Esse aí? Ai meu Deus, se alguém vê a gente aqui adeus bolsa Dior, adeus Prada, adeus mundo! Vem comigo.

Os dois a seguiram até uma rua lateral pequena e escura, em frente a uma oficina de elétrica e som automotivo. A travesti tirou um molho de chaves da bolsa rosa, abriu a porta da oficina e entrou, seguida de perto pelos dois.

Quando João se deu conta, não havia entrado na

oficina, mas saído na cobertura de um prédio.

– Ela é boa – comentou Gabriel ao reparar na confusão do rapaz.

– Obrigada, você é um anjo – respondeu Keyssa mostrando a língua com a piada.

A cobertura do prédio tinha uma vista privilegiada do estádio do Guarani, o Brinco de Ouro da Princesa, que estava cercado pelos membros de dois moto-clubes, com suas barbas esgrouvinhadas, e um outro grupo que parecia ter saído de um filme de gângsteres dos anos 40, com chapéus e sobretudos. Um homem baixo e gordo de terno branco conversava com um rapaz de macacão de moto esportiva verde limão, que fumava um cigarro. Se estivessem mais perto teriam visto a estampa "Diabo Verde" em letras garrafais nas costas.

– Miguel e Lúcifer – comentou Keyssa. – Deve haver algum mérito em ter conseguido uma trégua entre esses dois.

– Os dois me querem morto – respondeu Gabriel. – E claro, querem o Anticristo a todo custo. Se eu conseguir levá-lo até a Princesa, ambos perdem.

– É, querido, você está sozinho nessa. Não tem nenhuma porta no território da Princesa.

– Vamos, lá, Keyssa... – disse Gabriel sedutoramente, envolvendo-a com os braços.

– Pode tirar essa asa de cima de mim! – rebateu ela. – Por que eu iria ajudar vocês?

Gabriel sorriu com o canto de boca:

– Pelos velhos tempos, e porque você me deve uma. Por aquela vez em Curitiba.

Ela enrolou os dedos nos longos cabelos negros pensativamente, lembrando da vez em que ele a livrou de alguns anos na cadeia, e esquecendo propositadamente as várias vezes que ela fez o mesmo por ele. Gabriel poderia pedir o que quisesse, Keyssa nunca conseguiria lhe negar um favor.

– É a última vez que quebro o seu galho – disse Keyssa, e olhou de Gabriel para João, medindo-os de cima a baixo. – Acho que tem um jeito. Eu devo ter alguma coisa que sirva em vocês.

Eram um grupo de sete descendo a rua, marcando os passos com seus saltos-agulha, hiper maquiadas e embaladas a vácuo em vestidos mais curtos que uma rapidinha de balada. João tropeçava a cada meio metro, já Gabriel lidava muito bem com scarpin vermelho em seus pés.

– Luís XV – comentou o anjo –, usei muito nessa época.

Chegam perto do estádio devagar, as companheiras animadas discutindo sobre a vadia da Jeniffer que não tinha nem que ter ido naquele casamento, e a Stephany, gente, que bafo ela subindo na mesa daquele jeito, o pai da noiva ficou desconcertado, e que gato aquele irmão do noivo, como era mesmo o nome dele? Não era Marcos, acho que era Teodoro, não, Teodoro era o primo, aquele que ficou arrastando asa para a Valesca a noite inteira...

Passaram pelos demônios, cheios de olhares maliciosos por debaixo dos chapéus. Um dos anjos ligou sua Harley e acelerou, gritando "ei, dondocas, podem vir aqui sentir o ronco da máquina!".

Só mais alguns passos até a entrada do estádio. Já podiam ver as bandeiras verdes que estampavam as portarias. Se passassem daquele ponto, estariam livres. Ninguém, nem mesmo os anjos, se meteriam no território da Princesa. João suava frio. Tropeçou em um defeito na calçada, caindo de boca no chão.

– Espera um pouco... – Miguel abriu caminho em direção ao grupo, seguido de perto por Lúcifer, ambos com suas armas engatilhadas.

– Corre! – gritou Gabriel, empurrando João em direção às catracas. João correu como pôde, torcendo o pé a cada passo enquanto todos à sua volta, anjo ou demônio, sacavam uma arma da cintura, de baixo dos sobretudos ou de algum coldre na moto.

João ouviu os tiros, como rojões em dia de jogo, alvejando o grupo. Gabriel estava às suas costas, protegendo-o com o corpo, empurrando o rapaz em uma velocidade sobre-humana.

Keyssa correu para a rua, mas foi atingida mais de uma vez na cabeça, no peito e na nuca, as balas perfurando seu corpo, o gosto do sangue em sua boca e as pernas falhando. "Era melhor assim", pensou ela, imaginando que podia ter sido pior se sobrevivesse. "Gabriel, seu desgraçado, você me deve essa", e sorriu, porque era algo muito bobo para um último pensamento.

Todas as companheiras jaziam ali, próximas. Havia armas demais, anjos demais, demônios demais e sangue demais.

João e Gabriel chegaram à catraca. João fora atingido no braço, mas a bala o atravessara sem causar muito dano. O anjo estava péssimo, perfurado no peito, no pescoço, nas pernas e nas asas, que abrira para proteger o rapaz. Caiu de joelhos, tossindo sangue. Era um anjo, mas até os anjos poderiam ser mortos se houvessem balas o suficiente.

Uma voz feminina soou em suas mentes: "Isso foi... interessante. Vou permitir que viva por enquanto, anjo".

Gabriel sentiu-se levemente recuperado de seus ferimentos, apenas o bastante para poder respirar e caminhar com dificuldade. Estava péssimo e manchava com sangue o chão de cimento por onde passava.

Desceram até o vestiário do time da casa. No corredor de acesso havia uma porta comum de metal com "Diretoria" escrito em uma placa bastante gasta, por onde entraram.

Ao atravessar, João esperava entrar em um mundo de contos de fadas. Esperava uma sala toda vermelha, com paredes enfeitadas de castelos de cartas e decoração gótica semelhante àqueles penduricalhos vendidos para festas a fantasia. Esperava sair em uma praia de areia branca e mar azul cristalino, onde uma moça de cavalo branco cavalgaria nua em seu alazão. Ao invés disso, entrou em uma sala fria com paredes de concreto, um sofá bege que já vira dias melhores, cujo estofado verde aparecia aqui e ali, uma mesa de metal do tipo escritório, um arquivo pesado de aço com uma chave pendurada na lateral e duas cadeiras de bar.

A Princesa estava sentada do outro lado da mesa, em uma poltrona do tipo executiva de couro, bastante velha, mas confortável. Estava sozinha na sala. Não que precisasse de ajudantes. Apontou para o sofá, e João amparou Gabriel e o anjo despencou, cansado, sobre ele, manchando ainda mais o estofado. João sentou-se em uma das cadeiras de metal e pôde finalmente reparar na anfitriã.

Era uma mulher negra, de aparência jovem e olhar sábio. Tinha belos cabelos cacheados, que usava soltos, emoldurando o rosto. Era linda, mas havia algo de assustador nela.

– Princesa... – Gabriel se esforçou para se levantar do sofá, mas ela o interrompeu.

– Fique deitado, anjo. Você sabe que não preciso de cerimônias e formalidades. Preciso apenas da verdade. E verdade hoje em dia é coisa rara, digna de ser lapidada.

Enquanto falava, a Princesa estudava João com o canto dos olhos, o que lhe dava calafrios. Enfrentar a Morte em pessoa seria mais confortável. João estava estranhamente ciente de sua postura na cadeira, de suas roupas surradas do dia anterior...

– Aquele vestido não ficava bom em você – explicou a princesa. – Cumpriu o propósito dele e te trouxe até aqui. Mas isso aí é mais a sua cara.

– Você pode me ajudar? – perguntou João, sem rodeios.

A presença da Princesa tinha nele um efeito semelhante ao do álcool, uma impulsividade em colocar as palavras para fora, sem floreios. Vê-la em uma reunião de políticos teria sido no mínimo interessante.

– Depende. – A Princesa sorriu e se levantou da cadeira, andando a passos lentos até Gabriel, sentando-se no braço do sofá e acariciando sua cabeça. Usava uma longa saia dourada com detalhes em vermelho. – Só se você contar a verdade.

– Que eu sou o Anticristo e esse cara aí me disse que tenho que morrer seguindo um ou outro ritual?

– Não, não, isso eu sei. Isso todo mundo sabe. Há quem diga que a única verdade é o passado. O problema, João, é que é possível contar uma história de muitos modos. E isso considerando que mudar o passado fosse impossível. Não, João, só há duas verdades no mundo. Uma é o coração dos homens, seus sentimentos mais profundos, nobres ou feios. Isso é verdadeiro.

– E a outra?

A Princesa deu um risinho, enrolando os dedos no cabelo loiro de Gabriel, que agonizava, mas vivia.

– A outra é a morte.

João estava dolorosamente ciente de cada assassinato que ocorrera há poucos minutos. Pâmella, Katylene, Lucyle, Pryscilla e Keyssa. Seus sonhos e aspirações, brigas familiares, o amor de Keyssa por Gabriel, tudo isso aflorava naquele momento em que sabia que estavam todas mortas.

– Sua culpa é deliciosa, sabia? – disse a Princesa,

lambendo os beiços. – Vamos ver até onde você vai. Eu vou te fazer só duas perguntas. Se você for honesto comigo, eu te ajudo a limpar sua barra. Se você mentir para si mesmo, eu te devolvo para o Miguel. Ou Lúcifer, quem pagar mais.

João não tinha escolha.

– Eu posso fazer você voltar ao passado. Chegando lá, você encontrará sua mãe, grávida de você. Se você matá-la, nunca terá nascido, e não será mais o Anticristo, então vai poder continuar sua vida a partir daí. Você fará isso?

O rapaz foi pego de surpresa com a vastidão de sentimentos contraditórios que sentia, seu egoísmo, senso do dever, amor, cada um deles muito bem definidos e brigando por um pouco mais de espaço. Matar sua mãe seria uma saída fácil. Ainda assim...

– Não.

– Eu acredito em você. Faltaria coragem na hora de puxar o gatilho – respondeu a Princesa com um sorriso na boca e um olhar ameaçador. – Agora, você mataria o anjo Gabriel para livrar a sua barra?

"Sim." A resposta era clara em sua mente, por mais que lutasse contra ela. Não poderia negá-la, a Princesa já sabia a resposta. Percebeu que em suas mãos manchadas do sangue de Gabriel estava a pistola Glock do anjo. Quanta verdade havia em seus pensamentos? Só havia um meio de saber.

O gatilho estava gelado quando João levantou a arma, apontando-a para o anjo. Não queria, mas não poderia voltar atrás, como um hamster correndo em sua rodinha para a diversão dos gigantes. A Princesa o olhava com expectativa. Gabriel abriu a boca:

– Filho da pu...

João deu cinco tiros no peito do anjo e caiu no chão, tremendo.

Quando abriu os olhos, estava no meio da rua, em pé, com as mesmas roupas de antes, mas elas não estavam manchadas de sangue. Em suas mãos a arma ainda estava quente. Reconheceu a rua onde morou até os cinco anos de idade, o portão do Seu Jorge usado várias vezes como gol, para a irritação da Dona Maria, que não conseguia ouvir a novela com toda aquela barulheira.

Ali estava a casa onde crescera, a fachada pintada de laranja porque seu pai havia conseguido aquela cor com desconto. E uma grande árvore caída bem em frente à garagem, impedindo a saída do carro.

Um táxi branco acabava de virar a esquina. João parou no meio da rua, esperando o veículo que se aproximava devagar, buzinando para que saísse da frente. O rapaz correu até a porta do motorista, a arma apontada para o taxista:

– Sai do carro! Sai do carro agora!

O taxista, um homem de bigode avantajado, ergueu as mãos, assustado, e obedeceu, correndo para a direção de onde viera.

João sentou-se no banco do motorista, reparando na licença do homem: João Silveira. De certo modo, todos os seus problemas eram culpa daquele bigodudo gordo. Respirou fundo, escondeu aqueles papéis e dirigiu até sua casa, parando em frente, e deu uma leve buzinada.

Se já era estranho olhar seus pais vinte e um anos mais novos, pior era ver a mãe grávida de si mesmo. A mulher estava nervosa, mas o pai parecia apavorado. Entraram ambos no banco de trás. Era agora, tinha que ser simpático.

– Bem vinda, senhora, bem vindo, senhor! Qual hospital? – João abriu um sorriso, tentando ser o mais natural possível.

João ligou o rádio na estação favorita de sua mãe. Perguntou se era menino ou menina e disse que não tinha filhos, mas adorava crianças. Falou que seu filme favorito era Rain Man e descreveu a cena da dança, o que era um tipo de apelação, pois sabia todas as cenas favoritas de sua mãe, assim como a paixão do pai pelo Palmeiras, prestes a chegar na final do paulista naquele ano. O time perderia aquele jogo, mas esse detalhe ficou de fora da conversa.

Todo aquele bate-papo distraiu a mãe durante o breve trajeto até o hospital, onde chegaram às gargalhadas.

– Qual é o seu nome, rapaz? – perguntou o pai, enquanto pagava a corrida.

João quase se distraiu e respondeu com seu nome verdadeiro, o que faria com que aquela criança se tornasse o Anticristo e fosse perseguida por anjos e demônios no seu aniversário de vinte e um anos. Quase, se naquele preciso momento um homem fumando do outro lado da calçada não tivesse chamado a sua atenção pelo seu cabelo loiro cacheado e pela jaqueta preta com um trevo de quatro folhas nas costas que vestia.

– Gabriel. – disse João, voltando os olhos para o pai e sorrindo. – Meu nome é Gabriel.

O rapaz estacionou o táxi pouco adiante, ao lado da calçada, e desceu para falar com o anjo.

Há muitos anos, quando a humanidade era jovem e a natureza rica, cada ser humano tinha um pergaminho da biblioteca de Alexandria onde todos os seus atos eram escritos em bela caligrafia com canetinhas coloridas. Mas isso, além de dar muito trabalho, também gerava sérios problemas. Os anjos viviam perdendo os pergaminhos e provocando todo o tipo de acidente, como derrubar café sobre eles, o que fazia com que certas pessoas ficassem com o passado nebuloso e sombrio por mero acidente. Para resolver isso, os administradores decidiram colar um post-it no fundo dos olhos de cada humano com sua trajetória, facilitando o trabalho dos anjos e provocando o desemprego de milhares de escribas.

Tudo isso explica os curtos cinco segundos em que Gabriel olhou no fundo dos olhos de João com uma expressão que foi do espanto à descrença, e que terminou com uma simples frase, enquanto o anjo apagava o cigarro no chão:

– Filho da puta, você me matou.

– É... Foi mal.

O anjo respirou fundo. O Anticristo agora poderia estar nascendo em qualquer lugar do mundo. Daria um trabalho do cão localizá-lo. Isso se o Inferno não o encontrasse antes.

– E o que eu faço agora? – perguntou João.

– Você vai viver sua vida.

– Tá, e como eu volto?

– Não volta.

João engoliu em seco. Era melhor estar vivo do que morto, mas só um pouco melhor. Em 1994 não tinha pai, mãe, amigos ou Maria Lúcia. Para dizer a verdade, nem a sua identidade seria válida com aquela data impressa. Era como se não existisse.

– E se eu topar comigo mesmo?

– Acontece toda hora. Você provavelmente vai se achar um cara legal. Tem gente que até vira seu melhor amigo. Teve um cara que trocou de sexo e casou consigo mesmo.

Um carro de polícia parou em frente ao hospital, de onde desceram dois policiais e um taxista gordo de bigode. Gabriel sorriu pela primeira vez aquela noite.

– Eles não vão te pegar, eles nem sabem que você existe. Pelo menos isso é por minha conta, eu te meti nisso tudo. – Gabriel colocou as mãos nas costas do rapaz, conduzindo-o. – Vem, você pode ficar na quitinete de um amigo, eu te levo até lá.

– Anime-se, pelo menos você está vivo – continuou o anjo. – Agora todo mundo vai te deixar em paz, já que o Anticristo é algum outro cara. E você sabe tudo o que vai acontecer nos próximos 21 anos. Dá para tirar uma boa grana em consultoria.

– Não é contra as regras?

– Você já quebrou todas as regras. Relaxa, todo mundo faz isso.

João sentou-se no banco do passageiro do Ômega enquanto Gabriel ligava a chave, apontando para as fitas-cassete no porta-luvas.

Sem **troco**

Vinícius Lisbôa

Vinícius Lisbôa é carioca, tem 26 anos e mora no Rio. É formado em jornalismo, trabalha como repórter e é estudante de mestrado em Estudos de Linguagem, na Universidade Federal Fluminense. Teve um conto publicado na coletânea "Futebol: histórias fantásticas de glória, paixão e vitórias", da Editora Draco.

Era um menino negro, calçava chinelos, vestia bermuda e não devia ter mais do que dez anos. Unha encardida, cabelo raspado, nariz de batata. No antebraço, a cicatriz de uma queimadura quase tão velha quanto ele. Do cigarro de sua mãe, que já tinha morrido.

Andava com sua mente agitada pela batida de uma música veloz em uma língua que ele nem sabia dizer qual era, mas que se repetia em sua memória. Seu coração também estava acelerado e se contraía em percussão no peito.

O motivo do nervosismo era uma "otária". Uma mulher já acima dos quarenta anos que esperava sozinha por um ônibus naquele ponto raramente deserto da avenida Presidente Vargas, no centro do Rio de Janeiro, sob marquises mal iluminadas, sustentadas por pilares pichados e marcados por lambe-lambes pornográficos e pela urina dos homens mais primitivos.

Era feriado, mas uns pobres diabos trabalhavam mesmo assim. Outros, enterrados num círculo ainda mais profundo do Inferno, saíam do trabalho à noite nesses dias ermos. Ela era um desses últimos.

Estava nervosa com isso, via-se de cara. Ainda mais quando reparou a aproximação das três crianças – ele e dois amigos que poderiam ter sido descritos da mesma forma com que essa história começa. Mas a vítima foi ainda mais sucinta para a polícia: "Eram pivetes", como se a palavra incluísse uma embalagem pré-cozida de fenotipia.

– Tem moeda pra passagem, tia? – perguntou.

– Tem não.

– Vinte e cinco só, tia. Prum lanche.

– Não tem lanche a essa hora.

Havia um quarto, maior, mais forte e mais furtivo, mas ele agiu sem qualquer furtividade. Puxou na marra a bolsa que ela tentava enrolar na clavícula. Ela lutou, e um deles ajudou o rapaz espichado de quatorze anos. Os outros dois a empurraram, covardemente, derrubando-a.

– Reage não, tia. Perdeu!

Nessa hora, a rua não estava tão deserta assim. A calçada estava mas, na pista lateral da avenida, um homem armado de coragem ou corajoso porque estava armado, desceu de um carro com um disparo mal apontado. A mulher se jogou no chão com o susto e os meninos usaram as canelas finas para fugir deixando a bolsa para trás.

Em um segundo, um assalto, uma reação, um tiro, uma fuga e tudo parecia resolvido sob as marquises coniventes da Presidente Vargas. Mas não para o homem. Ele continuou a corrida, sem se importar com a mulher ou com a bolsa. Deu mais um disparo sem mirar bem, e a vidraça de um banco de luxo, dessas repostas a cada fim de manifestação, trincou em volta do furo deixado.

"Fudeu!", gritou o maior, correndo para a avenida Passos. Duas das crianças o seguiram, mas o garoto de que estamos falando, esse que encarou primeiro e com o coração disparado aquela "otária", pedindo dinheiro para a passagem, viu uma fresta que o faria correr mais rápido que seus pés. Num salto de jaguatirica, conseguiu se pendurar na janela de um ônibus e entrar por ela. O coletivo estava diante de um sinal que tinha acabado de abrir, e já dava a partida.

– Eu não vou te matar agora, mas vão te matar amanhã. Tu não chega aos dezoito pra ser preso, marginal!

O bravo vingador que atira em crianças chegou a apontar para o coletivo, mas a possibilidade de acertar as pessoas de bem o coibiu. Continuou a perseguir os outros.

Uma mulher idosa sequer olhou para o menino quando ele caiu ao seu lado, esbaforido e com as mãos esfoladas pela força que tinha feito. Aproveitando-se da indiferença, ele sentou e tentou normalizar a respiração. "Que filha da puta aquele cara. Deve ser polícia", imaginou.

Tão logo as narinas puxaram o ar enfurnado naquele coletivo, o olfato percebeu um cheiro pestilento de espirro e tosse seca, como se fosse aquela uma enfermaria lotada de um hospital de campanha. "Caralho".

– Esse é pra onde? – perguntou à velha.

Logo reparou que, além dela, havia apenas duas pessoas no ônibus além do trocador e do motorista, que por sorte não abriu a porta e o mandou descer. Por sorte...

– Pro Caju – respondeu ela, risonha, como se tivesse algum motivo para simpatizar com um fugitivo que caíra da janela. – Você não é muito novo pra andar sozinho nesse ônibus?

– Ih, alá.

– E está com um cheiro estranho...

– Qual é, tia? Tu acha que eu tenho desodorante?

A simpatia se desfez no rosto da idosa, que pareceu se transformar em uma foragida. Abaixou a cabeça até ser escondida pelo banco da frente e sussurrou:

– Você está vivo?

– Cê tá fumada?

– Deus do céu, fala baixo! Você tem que descer desse ônibus.

O estranhamento inicial virou curiosidade, e depois um pouco de medo.

– Por quê?

– Porque na próxima parada vão ver que você está vivo. E quem tá vivo não pode andar nesse ônibus. Essa linha é para levar quem está no Cemitério São João Batista para o do Caju. Os mortos também se visitam.

– Eta, porra! – O menino disse, já tentando colocar a mão para fora do ônibus, mas a janela, mesmo aberta, não permitia a passagem do vento nem a saída de qualquer matéria.

– Não adianta. Nem sei como você passou por aí. Agora, só dá para passar pela porta. Esse ônibus é todo vedado para os espíritos não saírem e assombrarem a cidade. Eles só podem ficar nos cemitérios.

O menino nem quis saber da velha. Se levantou e foi para os bancos do outro lado do corredor. Tentou a mesma coisa na janela, mas nada... Mesmo levando alguma agitação àquele sarcófago movido à gasolina (será que tinha combustível?), ele não foi incomodado. Quem o olhou, não se importou.

– Não tem como sair, tia – tentou sussurrar, mas a voz saiu alta.

A mulher pareceu hesitar.

– Não tem? – insistiu e transformou em pergunta.

– Só tem um jeito: você vai ter que falar com o trocador. Se tiver troco, ele vai poder te ajudar.

O trocador do ônibus ficava na parte de trás, como nos ônibus antigos. E ao lado dele havia uma roleta vermelha, com tinta que parecia ser fresca. Tudo no ônibus era sujo, velho e enferrujado. Os bancos eram daquele plástico cinzento e duro. O metal no chão do corredor parecia ter sido vomitado centenas de vezes. As janelas estavam embaçadas como se aquele fosse um veículo de corrida. Mas a roleta cintilava em vermelho sangue.

A velha se levantou antes que ele criasse coragem para falar com o trocador. Nessa hora, o coletivo já passava em frente à estação abandonada da Leopoldina. Havia pessoas no ponto. Elas olhavam para o ônibus, mas não faziam sinal. Ninguém fazia sinal. Seu letreiro era eficaz e sincero nesse ponto: "Especial".

– Esse garoto está vivo. Ele precisa descer antes do Caju – afirmou, resoluta.

O trocador expirou com má vontade.

– Caralho, e foi entrar por que? Daqui a pouco vão vender bala nessa merda.

– Ô, tio, deixa eu sair! Eu to vivo!

– Isso é o fiscal que vai dizer no cemitério. – Lavou as

mãos e bufou, virando a cara para o outro lado.

A velha se virou para o menino e sorriu sem mostrar os dentes.

– Você tem algum dinheiro? Alguma moeda? – perguntou.

– TENHO!

Ele enfiou a mão no único bolso com fundo ainda costurado e tirou uma moeda de um real e outra de cinco centavos. Não eram roubadas, mas dadas por caridade.

– Graças a Deus! – exclamou ela. – Aqui está a passagem dele. Ele tem duas.

O trocador se virou para o menino como se tivesse sido acordado de um sono que começara há apenas cinco minutos.

– Linha noturna é uma merda mesmo. Me dá uma delas. Quando eu disser que pode, você coloca a mão na roleta e tenta girar.

– É fácil, querido. Isso foi feito mesmo para nenhum vivo ficar preso no cemitério.

– Você já está sabendo demais! – irritou-se o trocador, que explicou com a menor quantidade de palavras que conseguiu: – Quando você girar a roleta, vai encontrar alguém. É só dizer para essa pessoa que você quer viver. É só isso. Não precisa contar história nenhuma, porque o tempo é curto.

O trocador liberou, e o menino forçou a roleta. Sua vista ficou turva e, diante dele, surgiu o homem que tentou matá-lo há poucos minutos. Ele estava sentado no banco do carona do mesmo carro de que tinha descido para atirar contra os ladrões.

– Que merda! – deixou escapar o que deveria ter sido um pensamento.

– Quem está ai? – pensou o homem, achando que estava dizendo em voz alta. Tinha ouvido uma voz no carro, mas o motorista que o levava parecia não ter ouvido nada.

Não foi preciso nenhuma apresentação ou explicação. Mesmo sem nunca ter ouvido a voz do menino ou sem entender de que forma ele estava para morrer, soube do poder que tinha.

– Ah, você quer viver, seu vagabundo? Pra quê? Pra assaltar os outros? Pra estuprar e matar os outros quando crescer? Você tem é que morrer mesmo! Menos um no mundo! Vai pro colo do Capeta!

O homem chegou a suar de exaltação quando pensou isso, e logo esqueceu do que se passara, mas não sem aproveitar o prazer de "ter imaginado" a situação em que podia decidir entre a vida ou a morte de um pivete sem sujar as mãos, como um juiz.

O garoto se viu novamente segurando a roleta, sem que ela tivesse girado.

– Não funcionou. Parece que a última pessoa que falou com você quer você morto – disse o trocador, sem lamentações.

– Mas tinha que ser ele?

– Ele foi a última pessoa que falou com você. Se me der

a outra moeda, pode tentar a próxima, a penúltima.

O menino começou a chorar.

– O que foi? – perguntou a velha. – Temos pouco tempo! Dá a moeda para ele.

– A outra pessoa foi a mulher que eu roubei – lamentou, chorando.

– E seus pais? Seus irmãos? Algum amigo? Não falou com nenhum deles?

– Só com um amigo. Não tenho mãe, nem pai. Mas falei com um amigo antes da mulher. Aí falei com ela depois – continuou ele, ainda chorando.

– Vamos tentar. Talvez ela não queira que você morra. Você é só uma criança. Tem que aprender algumas coisas, mas é só uma criança.

– A moeda é de um real! Não posso tentar outras pessoas? – reclamou.

– Nem se fosse uma moeda de ouro de um navio pirata. Cada moeda só vale pela unidade. Não preciso de dinheiro, só de uma moeda para girar a roleta – disse o trocador, com o êxtase de proclamar suas regras.

E estendeu a mão para cobrar a última moeda. O garoto deu, olhou para a velha e pôs as mãos na roleta. Sua visão escureceu.

– Moça, eu to quase morrendo. Deixa eu viver?

A mulher continuava na Avenida Presidente Vargas, sob a marquise ainda mais deserta daquele feriado. Havia recuperado sua bolsa, arrebentada, mas seu ônibus continuava sem passar. Seu coração ainda não tinha desacelerado, e, quando achou que mais uma criança falava com ela, se apavorou.

– Não tem ninguém aqui, moça. Só eu, que estou quase morrendo. Deixa eu viver?

Mais uma vez, não foi preciso qualquer explanação. Sem pensar muito, ela compreendeu do que se tratava aquele contato.

– Você? Sabia que eu tenho um filho da sua idade? – Ela se emocionou ao pensar.

Apesar de não estar em sua forma material, o menino também sentiu os olhos marejarem. Estava salvo!

– Um dia, ele vai ficar mais velho, vai estudar, vai entrar para a faculdade. Um dia, ele vai trabalhar. Aqui no centro do Rio, talvez. De ônibus ou de carro. Vai ter um filho, uma esposa... E você vai estar com a idade dele.

O garoto pensou em todas aquelas coisas que também gostaria que lhe acontecessem.

– E o que você vai fazer com a idade dele? E se você assaltar o meu filho como me assaltou hoje, mas com uma arma? Você vai estar mais velho, e vai ser mais perigoso. E se você estuprar a mulher dele? E se você matar os filhos dele em uma tentativa de assalto? Ou então, e se, amanhã, quando eu estiver no ponto, você e seus amigos me assaltarem com uma faca? E se me matarem? Se me matarem, como vai ser a vida do meu filho? Ele vai ter tudo isso que eu falei antes? Sou viúva. Será que meu filho vai ficar como você?

O menino não conseguiu responder. Queria, mas

não conseguia. Já havia pensado muitas vezes em como gostaria de ser mais perigoso para matar os guardas e os policiais que lhe batiam. Queria ser grande e forte para ter uma arma e colocar medo em quem quisesse. Mas também queria ter filhos. Queria ter uma casa. Queria trabalhar um dia, se não fosse muito chato. Era bonito ver os homens com suas malinhas e sapatos. E eles estavam sempre comendo sorvetes, salgados e sucos. Eram quase todos gordos. Isso não podia ser chato.

Mas não chegaria a ser perigoso, nem teria um sapato.

– E, além do mais, garoto, por que você quer tanto viver? Todo mundo te maltrata. Você só vive na rua assaltando e não tem nem roupa para vestir à noite. Deve dormir no chão mijado. Se você morrer, tenho certeza que o Senhor Jesus vai te acolher bem. Vai te tratar muito melhor. Vai te perdoar e te dar uma casa com pai e mãe para morar. Será melhor do que viver na rua. Mas isso se você se arrepender. Você se arrepende de ser um ladrão? Você aceita ser salvo por Jesus? Vá em paz, como um bom garoto.

E o menino recuperou a consciência no ônibus. A velha e o trocador olhavam para suas lágrimas que desciam pela bochecha, enlameando a sujeira em seu rosto.

– Eu me arrependo. Eu não vou ser mais um ladrão! Mas eu não quero morrer. Eu não quero ir com o Senhor Jesus.

O trocador deu uma risada debochada, mas a velha o recriminou com o olhar. Ela também estava chorando e levantou a cabeça do menino:

– Quem foi a outra pessoa? Eu tenho mais uma moeda. Quem foi a antepenúltima?

A gratidão que o menino expressou fez a velha ter arrepios no antebraço.

– Vai mesmo fazer isso? – O trocador se surpreendeu. – Se fizer, não vai mais poder desistir.

– Desistir? – perguntou o menino.

– Ela está viva – respondeu o trocador. – Enquanto tiver essa moeda, pelo menos.

Os olhos do menino se arregalaram, e ele abriu a boca sem perceber.

– Não muito viva. Mas também não estou morta – disse ela, sorridente. – Não vou desistir desta vez.

– Então, dê a moeda para ele.

Pela primeira vez na vida, ele recebeu uma moeda sem ter que pedir, e deu-a ao trocador.

– Agora vai ser o Mazin, meu amigo. Ele vai me salvar.

O menino pôs a mão pela terceira vez na roleta. O ônibus já passava do Moinho Marilu, em frente à entrada de carga do Porto do Rio. Começava ali a avenida Brasil, escurecida pela sombra do viaduto.

Quando a visão dele borrou novamente, sua consciência foi para poucos metros além do lugar onde pegou o ônibus, na avenida Passos, em sua esquina larga com a Marechal Floriano, onde costumavam comprar salgados com as esmolas e trocados roubados. Mas seu amigo não estava contando moedas ou espreitando um distraído. Estava caído no chão. Era um cadáver que sangrava depois da morte, com um buraco escavado em suas costas pela bala.

A visão clareou, e a roleta não girou. O menino olhou a luz dos postes fora do ônibus e quis correr para a janela, mas, de que adiantaria? O atirador matou seu amigo, acabando com sua última chance e com o único gesto de caridade que já tinha recebido. O trocador teria sentido uma pontada no peito se não estivesse morto.

– É, menino. Não deu. Não tem mais jeito. Não dá para pular essa roleta. – O trocador, enfim, lamentou, e até tentou animá-lo: – Mas você vai ver muita coisa no cemitério. É uma cidade lá, com milhares de pessoas. Gente que nasceu há mais de duzentos anos!

Ao ouvir a sentença, ele chorou. A velha o envolveu com os braços e o pôs sentado no banco mais próximo. Acomodou-se ao lado dele e encostou a cabeça da criança em seu ombro. O silêncio do coletivo só permitia ouvir o ronco do motor e os espasmos de tristeza.

– Por que você está aqui, se tá viva? – perguntou, depois de muitos soluços.

– É uma longa história.

– Conta. Aí eu dormo e morro sem sentir.

– Eu descobri esse ônibus por acaso, um dia, saindo do São João Batista. Eu tinha ido no túmulo do meu pai. Que saudade eu tenho do meu pai – sorriu. – Eu saí quando o cemitério fechou, mas continuei por ali, meio perdida, sentada em um bar, que também fechou. Então, fui para o ponto em frente ao cemitério e esse o ônibus veio com o letreiro escrito 'especial', e mesmo assim uma mulher entrou. Ela usava roupas da minha época, mas era linda e jovem. Então, um rapaz também muito bem vestido veio correndo para entrar e pensei: esse deve passar na Glória. As pessoas se vestiam assim na Glória há muitos anos.

O menino não levantou a cabeça e continuou ouvindo, apenas imaginando a história. Nenhum adulto nunca tinha contado uma para ele, e achou que era isso que deveria fazer.

– Quando o ônibus estava chegando no Caju, perto de onde estamos agora, o trocador me avisou que esse ônibus não era para os vivos, mas que podia me salvar se eu tivesse uma moeda. Ele nem sempre está tão mal humorado. – Ela sorriu mais uma vez e o trocador retribuiu.

– Eu tinha ligado para o meu filho pouco antes, e, ao girar a roleta, pude ver a reação dele quando viu que eu iria morrer. Ele ficou desesperado. Disse que me amava muito e que isso não podia acontecer. Você não faz ideia de quanto tempo estou sem ver meu filho. Ele mora em São Paulo. Se mudou para trabalhar e nunca pode voltar. Ou não quer voltar nunca, mas prefiro pensar que não pode. Sinto muita saudade dele também. Então, passei a pegar sempre esse ônibus. Vou de madrugada para o São João Batista, espero, entro, e com uma moeda de cinco centavos posso ver meu filho e ouvir que ele me ama. Acho que já fiz isso umas cinquenta vezes.

– E quando o seu filho voltar para te visitar? – O menino se sentiu mais culpado do que pelo assalto.

– Eu não acho que isso vá acontecer. Ele não vai vir. Ele

precisa muito trabalhar, tem a própria família e não tem férias. E eu já sou muito velha. Mais dia, menos dia, eu iria morrer. Mas queria olhar bastante para ele antes que isso acontecesse. E eu fiz isso.

– Eu nunca deixaria minha mãe sozinha para ir trabalhar.

– É claro que deixaria. O que o mundo quer dos homens é que trabalhem, e não que cuidem de suas mães. Isso é o que todos precisam fazer, ou não ganham dinheiro. Eles precisam de dinheiro.

A velha sorriu e sua doçura foi tanta que o cinismo ou a resignação sequer riscaram seu rosto.

– Você deve ser uma boa mãe.

– Eu fui. E acho que posso voltar a ser. Acho que não estamos mais abandonados. Nem eu, nem você.

O ônibus virou a grande curva que revela a amplitude da avenida Brasil, com suas pistas centrais e laterais, e suas faixas exclusivas e ordinárias, por onde os vivos vão e vêm muitas e muitas vezes. Do lado direito, algumas cruzes e anjos mais altos ultrapassavam o muro do cemitério. Um dos passageiros indiferentes a tudo aquilo levantou e puxou a cordinha, tocando a cigarra que pedia a parada do ônibus.

O
relógio

Lucas Zanenga

Lucas Zanenga nasceu em Setembro de 1990 e mora em Porto Alegre/RS. É escritor e game designer, mas acaba exercendo outras funções intermediárias para que essas duas dêem certo. Adora fantasia e ficção, logo, gosta de criar e desenvolver seus próprios mundos, histórias, jogos, personagens, cenas e lendas. Em abril de 2013, fundou a empresa Triorbis Entertainment, focada em jogos digitais e literatura fantástica.

– Alô? Eu queria um táxi, por favor. Sim, na rua Eunuco. Meu nome? Mallear.

Assim que a ligação termina, o velho coloca o telefone no gancho e se aproxima da janela.

É, está chovendo pra caramba.

As gotas grossas atingem cada pedra, cada folha de grama, cada forma de vida ao seu alcance. Não chovia assim há anos. Por que justamente hoje?

Ele dá alguns passos mancos em direção ao seu quarto.

Mallear é alto, esguio e levemente corcunda. Anda com a ajuda de um guarda-chuva que usava como bengala. Mas apesar de sua forma frágil, o homem é mais forte que a maioria. Tem ombros largos e demonstra resquícios de um físico exemplar.

Ele vai até a mesa de cabeceira e checa o bilhete. É uma anotação escrita em um belo guardanapo. Parece ter sido feita às pressas, mas mesmo assim a caligrafia é impecável. Nas letras douradas, lê-se:

"Quando forem 12, esteja no relógio."

"Há!" pensa Mallear. "Muito úteis que eram os recados de Balan. Sempre indiretos e incompletos." Porém, como ele não pode negar, são também simples e precisos.

Ele escuta o som de uma buzina.

– Táxi para o Sr. Mal… Mallear? – grita o taxista.

– Já estou indo! – responde o velho, sem ter certeza de que o taxista o escutaria.

A chuva está ainda mais pesada. Ele mal consegue enxergar o táxi, que está a meros 10 metros de distância.

Ele olha para sua maleta. Ela não podia se molhar. Sob circunstância alguma.

"Não há outro jeito." pensa Mallear.

Ele então levanta o guarda-chuva e o bate no chão.

O som da colisão perdura, ecoando até onde não deveria. E quando finalmente cessa, com ele se vai também a chuva.

O taxista olha perplexo para o céu, a tempestade suspensa de repente, enquanto o velhinho corre com sua mala em direção ao carro, sem nunca tirar a ponta do guarda-chuva do chão.

Ele entra um pouco atrapalhado no veículo, colocando a mala no outro lado do banco deixando apenas o guarda-chuva para fora.

– Olá! Muito bom dia para você, senhor taxista.

– Sr. Mallear? – pergunta o taxista, parecendo ter saído de um transe.

– Sou eu mesmo! Pode me chamar de Tim.

– Olá Tim! Pode me chamar de Silva.

– Pois bem, Sr. Silva… – diz Tim, com certo ar de questionamento.

– Sim?

– Está tudo bem fechado no carro?

– É claro.

– Tem certeza? Nada irá molhar?

– Molhar? Não, claro que n…

Com um sorriso, Mallear tira a ponta do guarda-chuva

do chão e fecha a porta rapidamente.

Por um instante, o silêncio se mantém... e então a água volta a cair ainda mais forte do que antes. Na verdade, extraordinariamente mais forte.

Parece que a chuva tinha prendido o fôlego, e que agora havia soltado toda a água de uma vez, liberando o que havia segurado durante aqueles segundos.

Foi como se uma piscina caseira caísse diretamente sobre o táxi, e, por um breve momento, ele fica completamente debaixo d'água.

O taxista vira para trás, olhando perplexo para Mallear.

O velho o ignora, olhando para a própria mala.

– Vamos indo? – pergunta Mallear, batucando na mala com os dedos.

– Claro senhor, claro...

– Então dirija até o Relógio, por favor.

O taxi desliza pelas ruas em zigue-zague. A chuva continua caindo forte, mas isso não impede que a cidade pareça viva.

Mallear a observa como se não fizesse parte daquele lugar. Observa a paz, a pressa, o stress, a alegria e a ignorância dela.

Pessoas indo para o trabalho apenas pensando em chegar em casa; e as mesmas pessoas chegando em casa pensando em ir para o trabalho.

A cidade parece cinza a seus olhos. Ainda mais cinza do que aos olhos de pessoas comuns. Para ele, o pacato é sempre cinzento, sem graça.

Mas, volta e meia, a cada dezenas de metros, aparece alguém colorido. Às vezes até com cores que ele nunca tinha visto antes. E por alguns momentos, ele os aprecia. Sem malícia ou inveja, apenas pura fascinação e respeito.

Sim, mesmo ali, alguns sabiam viver…

Ele já pode ver o relógio à sua direita. Logo chegariam ao seu destino.

É quando Silva vira a próxima esquina, indo em direção ao relógio, que Mallear percebe uma casa.

A construção em si é escura, alta e velha, mas de suas janelas sai um brilho exemplar. Um brilho que não deveria estar ali. O tipo de cor que não deveria ser vista.

Para seus olhos, e somente eles, aquele local é o mais brilhante da cidade.

Em frente à casa estão parados alguns carros da polícia. Eles já estãão cercando a área.

– Pode parar por aqui – diz Mallear, de repente.

– Mas sr. Tim, o relógio ainda é duas quadras à frente.

– Eu sei muito bem disso. Mas não preciso mais ir até ele, posso ficar por aqui.

– Tem certeza, senhor? Ainda está chovendo muito.

– Silva… – diz Mallear, olhando-o diretamente nos olhos. – A chuva não é um problema.

O taxista entende a mensagem e para em frente a casa.

– Muito obrigado, Silva.

– Que isso… É só me chamar a qualquer hora.

– Com certeza o farei.

Com o guarda-chuva aberto, Mallear protege a mala da água, enquanto seu rosto se encharca rapidamente. Depois de um suspiro e algumas milhares de gotas, ele começa a caminhar.

A poucos metros da porta, um policial o para.

– Desculpe senhor, mas não posso deixar que passe.

Mallear tira um distintivo do bolso, onde lê-se "Detetive Timothy Mallear"

– Senhor Mallear, mil desculpas. Não o reconheci tão encharcado – diz o policial, dando passagem.

– Não o culpo, meu cabelo tende a ficar bem estranho quando molhado.

– Tim! – Grita uma voz de dentro da casa.

– Oh! Olá Bella.

– Eu já ia ligar para você. Não sei mais o que fazer. Nada faz sentido... ei! – só então a mulher parece prestar atenção nas roupas do senhor. – Você está encharcado!

– Não se preocupe com isso, minha cara, eu seco rápido. O importante é a minha maleta – fala o detetive, sacudindo o braço que carregava o objeto. – Mas então... pude perceber de longe que algo estranho ocorreu aqui.

– Estranho? Está mais para bizarro, inexplicável!

– Haha! Inexplicável é bom. Muito bom.

Bella era morena, com feições agradáveis e era pouco mais alta que o detetive.

– Como você soube que havia acontecido algo aqui?

– Eu? Humm, pois bem... Um palpite, apenas.

– Seus palpites são os melhores!

– Hahaha, não mesmo. Conheço pelo menos quatro pessoas com palpites melhores que os meus, e você talvez seja uma delas.

– Eu? Mas acabei de dizer que não sei o que aconteceu.

– Isso porque está pensando do jeito errado. Vamos dar uma olhada na situação.

Bella guia Mallear até o terceiro andar da casa. O lugar é ainda maior do que parece por fora. Está mal cuidado, mas com certeza um dia tinha sido uma nobre mansão.

Ao chegarem ao segundo andar, de alguma forma desconhecida, Mallear já está seco.

Os policiais no local batem continência conforme ele passa, às quais Mallear responde com leves reverências.

Ao chegar ao terceiro andar, a primeira coisa que percebe é que a porta do quarto principal tinha sido derrubada.

– Tivemos que derrubá-la – diz Bella, ao perceber o olhar do detetive. – Estava trancada por dentro. Não tínhamos como abrir.

Eles entram no quarto, que está limpo e perfeitamente organizado. Não há sinal de luta ou qualquer outra pista que apontasse o acontecido. Apenas um corpo sobre a cama e um relógio parado.

– Estou enganado ou não há sangue? – pergunta Mallear.

O corpo está sentado de pernas cruzadas, com dezenas de marcas de faca e a garganta cortada. Sobre o lençol e as roupas, nem mesmo uma gota de sangue.

– É verdade. O indivíduo morreu a facadas, porém não há nenhum sinal de sangue. Tampouco há uma arma do crime – responde Bella.

Mallear abre a boca para falar algo, quando Bella o interrompe.

– E antes que fale qualquer coisa, já checamos: os cortes não foram feitos post-mortem. Pelo menos não o corte na garganta. O quarto estava fortemente trancado, como o senhor viu, e dentro havia apenas a vítima.

O detetive sorri para Bella. Sim, ela é uma boa aluna.

Ele observa o quarto e o cadáver. Havia mais uma coisa faltando nesse quarto. Além do sangue e da arma do crime, faltava o brilho que havia visto pela janela.

– Certo, e o que mais?

– Mais? – pergunta Bella.

– Sim, tenho certeza de que há mais alguma coisa nesse mistério.

– Mas... como?

– Digamos que sei. Simplesmente sei.

Ela olha para um grupo de policiais que estavam próximos.

– Tragam a testemunha.

Alguns segundos depois, o grupo de policiais leva até o quarto um homem que parece acabado. Está claramente deprimido, com os olhos fechados e a cabeça baixa. Talvez não dormisse há dias.

Mas, para os olhos do detetive, ele é algo como uma bênção. Seu brilho é muito mais forte do que o de qualquer pessoa comum. Ele havia visto algo, tinha certeza.

Mallear se aproxima do indivíduo para interrogá-lo.

– Tim, é ai que está o problema – diz Bella. – Ele é surdo, mudo e cego. Então... embora tenhamos conseguido descobrir que ele estava presente durante o crime, não temos como obter a informação. Como pode ver, ele está em cacos. Devem ter feito coisas horríveis a ele.

– Concordo, Bella. Ao mesmo tempo, porém, também discordo.

A mulher pareceu confusa.

Mallear se aproxima da testemunha e toca-o no ombro.

– Meu nome é Timothy Mallear. Você está seguro.

O homem abre os olhos, levanta a cabeça, e responde com um grunhido incompreensível.

– Sim, irei ajudá-lo.

O homem faz mais um som, e depois desmaia. Mallear passa a mão no rosto da testemunha, acariciando-o como a um filho.

– Não se preocupe.

Os policiais estavam todos perplexos, assim como Bella.

– O que foi isso Tim?

– Isso? Estava me comunicando com ele.

– Você consegue? Como? Podemos solucionar o mistério então!

– Não, Bella, a sua primeira afirmação estava correta: ele está em cacos. Se pressioná-lo mais, do jeito que está, ele irá morrer. Precisamos fazer uma aproximação diferente.

O detetive se vira para os policiais:

– Caros senhores, poderiam deixar a testemunha dormir um pouco? Creio que ela precisa de descanso imediato.

Os policiais concordam e obedecem prontamente.

Mallear se vira para Bella, que aparenta estar confusa.

– Eu entendo agora porque você não pode solucionar o mistério.

– Por quê?

– Lembra quando eu lhe falei que nem todo mistério se resolve com a lógica?

– Sim, claro.

– Eu menti.

Mallear senta sobre a cama, logo ao lado do morto. Ele dá uma palmadinha no joelho do defunto, e depois olha para Bella.

– A verdade é que a lógica resolve tudo. O problema de fato é que nos precipitamos em definir o que é lógico e o que não é.

– Então por que você me disse aquilo?

– Bom... para te proteger. Você não estava pronta para a realidade. Mas agora acho que será um bom momento.

– E por que seria isso?

– Porque agora a sua lógica não irá resolver nada. Esse problema é insolúvel pelos meios comuns. Você já tentou antes, e é uma pessoa inteligente. Então, vamos tentar de uma maneira diferente.

Mallear faz uma pausa. Ele cruza uma das pernas, pega o guarda-chuva e começa a cutucar a têmpora do morto. Aparentemente, aquilo o ajuda a pensar.

– Por que você acha que não foi um suicídio?

– Isso é óbvio. Se fosse um suicídio, ele não teria tempo de fazer todas essas feridas, e também, haveria sangue por todo o lugar.

– Correto – responde Mallear, ainda cutucando o defunto. – Então o assassino veio e foi embora certo?

– Certo. Pode parar com isso por favor?

Mallear para de cutucar o morto, sorri inocentemente e abaixa o guarda-chuva.

– Mas como isso poderia acontecer se a porta estava fortemente trancada?

– Eu não faço ideia.

– Pense um pouco. Se ele foi embora, não foi pela porta.

– Então há outra saída?

– Correto! Agora só resta saber onde ela fica.

– Mas espera, isso não resolve o problema do sangue!

– Ah… muito perspicaz. E o que resolveria?

– Ele foi morto em outro lugar. Sangrou até a morte, depois foi limpo e trazido até aqui.

– Muito bom, esse também seria meu primeiro palpite. Eu disse que você era boa. Além disso, essa resposta reforça a teoria de uma saída alternativa. Um meio rápido de ir e vir deste quarto.

– E você tem alguma ideia?

– Várias, mas acredito em uma em particular.

– Qual?

– Bom, você terá que esperar um pouco para ver. Sugiro irmos tomar um sorvete.

– O que? Você está maluco? Tomar sorvete numa hora dessas? Estamos com pressa.

– Justamente por isso. Se estamos com pressa mas temos que esperar, a melhor coisa a se fazer é esperar de um modo divertido. Caso contrário, o tempo irá se arrastar.

– Odeio quando você faz isso – diz Bella, olhando para o chão, irritada.

– Isso o que?

– Fala desse jeito meio misterioso.

– Falo somente verdades, minha cara.

– E isso é o que mais me irrita! Agora não faz sentido, e você não irá me dizer o porque. Mas depois... eu vou entender.

– Se você sabe disso, querida Bella... – diz Mallear levantando o queixo da garota. – Já sabe muito mais do que a maioria das pessoas. Tenha um pouco de paciência que irei lhe mostrar a verdade.

Bella sorri, contrariada.

O detetive percebe que ela não estava realmente animada, mas fazendo um esforço para consolá-lo. Ele respira fundo.

– Posso lhe dar uma dica a mais, se quiser.

Os olhos da mulher brilham com interesse.

– Pois bem... Está vendo aquele relógio? – mostra Mallear, usando com o guarda-chuva.

– O relógio parado?

– Sim.

– O que tem ele?

– Ele será a chave para tudo. Que horas ele está marcando?

– Meia noite e quatro.

– Pois bem, agora já sabe o horário da sua resposta. Temos aproximadamente quatro horas, trinta minutos e sessenta e sete segundos para matar.

Bella pega uma mochila que estava no canto do quarto.

– É sua? – Pergunta Mallear.

– Sim, eu estava esperando ficar mais tempo por aqui.

– Talvez você ainda fique. Não sabemos.

– Ainda quer o sorvete? – pergunta Bella com um sorriso.

– Seria muito agradável. Talvez algum filme no cinema também...

– Você não está tentando transformar isso num encontro, está?

– Hahaha! Claro que não querida. Já passei dessa fase

há muitas eras.

– Foi o que eu achei – responde Bella segurando as alças da mochila e abrindo um largo sorriso.

Agora sim ela parece a aluna que ele tanto gosta. Em verdade, é sua favorita. Ela tem potencial e o temperamento certo. Resta saber se sua mente poderia lidar com a nova "lógica" que iria lhe apresentar.

– Ahh! – exclama Mallear. – Preciso fazer uma visita à testemunha antes. Quero checar uma coisa.

– Aquele pobre homem? Achei que ele ia descansar agora.

– É o que eu gostaria que ele fizesse. Mas talvez ele não seja capaz, mesmo que queira. Se esse for o caso, é mais seguro ele vir conosco.

Os dois caminham até o quarto de hóspedes, onde a testemunha está sob a guarda de quatro policiais. Eles não podiam levá-lo para casa pois não sabem quem é, tampouco onde mora.

Quando Mallear entra na sala, o homem parece senti-lo e senta-se rapidamente sobre a cama.

O detetive se aproxima e toca-o no ombro, dessa vez sem dizer nada.

Depois de alguns segundos de silêncio, ambos detetive e testemunha se levantam.

– Ele vai vir conosco – anuncia Mallear.

Bella não diz uma palavra.

– Detetive… – diz um dos policiais. – Não sei se posso permitir isso.

– Não se preocupe, homem. Ele vai estar comigo. Vou cuidar dele.

– Não é esse o problema, o problema é que...

– Vou cuidar muito bem dele. Eu prometo.

O policial olha para o sorriso amigável do velho e finalmente cede. Pois embora esse não fosse o indicado, ele era Timothy Mallear, afinal. Tinha mais autoridade que seus superiores, sendo respeitado e reconhecido por toda a academia de polícia.

Antes de saírem pela porta da frente, Mallear se vira para Bella.

– Você está de carro?

– Sim, claro.

– Pois bem, traga-o até aqui. Não posso arriscar molhar minha maleta ou nosso pobre amigo.

– E eu? Não tem problema eu me molhar?

– Hahaha. Quer meu guarda-chuva? Posso emprestá-lo.

– Não... o carro está perto mesmo. Eu vou ficar bem.

Bella sai caminhando pela chuva, que embora estivesse pesada, parecia mais branda sobre sua cabeça. Uma garoa.

Ela se vira para Mallear, que dá uma piscadela em sua direção. Seu guarda-chuva encostado levemente no chão.

Minutos depois, Bella está de volta com o carro.

Mallear abre a porta para o homem e protege-o com o guarda-chuva. Depois volta, pega sua maleta, e entra no banco da frente.

– Vamos até o shopping mesmo? Não vai ser muito

caótico para ele? – pergunta Bella, olhando para o homem sentado no banco de trás.

– Eu... acho que você está certa – responde Mallear olhando para o homem, com pena. – Podemos pegar alguma coisa para comer e voltar para cá.

– Então porque você o trouxe conosco? Poderíamos apenas trazer algo para ele, se fosse o caso.

– O ponto não é a comida, Bella. É o medo. O homem está aterrorizado. Posso ver em seus olhos apagados. E, por algum motivo, eu lhe passo segurança, então vou lhe oferecer minha companhia até que ele fique bem.

– Fique bem? Você acha que ele tem como se recuperar?

– Com certeza. Talvez já hoje à noite.

– Você está maluco.

– Haha. Vamos pegar um chocolate quente.

– E o sorvete?

– Mudei de ideia. Está chovendo muito para sorvete.

Cerca de uma hora depois, estavam de volta em frente à casa. Bella carregava um café, Tim um chocolate quente, e a testemunha um copo de leite.

– Leite? – Pergunta Bella.

– Faz bem para os ossos – responde Mallear. – Ele tem que ficar forte.

A jovem detetive dá de ombros e continua tomando seu café, esboçando um leve sorriso.

Assim que termina seu leite, o homem no banco de trás cai num sono profundo.

Mallear reclina seu banco para trás.

– Sugiro que tire um cochilo, minha jovem – diz Mallear, com um bocejo. – Temos três horas ainda.

– Não estou com muito sono.

– Pois trate de ficar. Não posso garantir quando poderemos dormir novamente.

Dizendo isso, Mallear fecha os olhos e dorme instantaneamente. Bella fica acordada ainda um tempo, tomando seu café.

– Ei, Tim. Vamos. Já está perto da meia noite – diz Bella.

– Entendo. Você conseguiu dormir?

– Apenas um cochilo.

– Bom... pelo menos isso – comenta Mallear. Ele olha para trás. – Ei, amigo!

– Ele é surdo lembra?

– Ah, claro! Sou meio devagar logo que acordo, sabe?

– E como...

Mallear abre a porta do carro. A chuva já havia parado, mas o chão ainda está encharcado.

Ele vai até o banco de trás e acorda a testemunha balançando seu ombro levemente. O homem abre os olhos de brilho opaco.

– Olá! Temos que ir.

O homem dá a mão para Mallear, que o guia até a saída

do carro e depois pelo jardim.

– Poderia pegar minha maleta Bella?

– Claro.

Ela observa a expressão do detetive. Está radiante. Não o via assim há... Na verdade talvez ela nunca tivesse o visto desse jeito.

– Porque está tão alegre, Tim?

– Eu? Ah, é por causa do mistério. Este homem brilha com uma luz que nunca vi antes. Um brilho daqueles que estiveram em contato com conhecimentos que não deveriam. Tenho quase certeza que foi assim que perdeu a visão, a audição e a fala. Alguém tentou silenciá-lo. Mas por quê? E por que não matá-lo?

– Não faço ideia... mas espere. Então ele não é uma testemunha, mas outra vítima!

Mallear começa a ajudar o homem a subir as escadas do primeiro andar.

– Precisamente. Ele é a segunda vítima. Talvez a única de fato. Não tenho certeza de que o outro homem morreu de forma involuntária.

– Por quê?

– Você viu a limpeza do lugar? A pose do homem? Ele parecia alguém importante e tratado com respeito. Os cortes eram limpos e, mesmo após a morte, não perdeu a dignidade.

– Você acha que ele era um sacrifício?

– Talvez. Na verdade, não me preocupei em pensar sobre isso, porque em alguns minutos saberemos a resposta.

Eles sobem a escada para o terceiro andar.

De repente, a testemunha começa a lutar para se soltar. Estava aterrorizado.

– Tenha calma, amigo. Você está seguro. – sussurra Mallear.

O detetive olha para Bella.

– Ele deve estar próximo.

– Quem? – pergunta Bella baixinho.

– O assassino, oras.

Do corredor, o detetive e Bella observam quietos quando um brilho azulado começa a emanar do canto do quarto.

– Ele chegou.

Bella checa o relógio. Meia noite e quatro.

De onde estavam, podiam ver o morto sentado de pernas cruzadas. Assim como Mallear havia dito, ele estava sereno. Em seu rosto existia uma paz alcançada apenas por aqueles com uma morte tranquila.

O brilho se reflete em sua face e corpo, chegando cada vez mais perto.

Finalmente, o espírito de uma mulher aparece. Ela era bela, de cabelos longos e levemente azulados, assim como todo seu corpo.

Ela se aproxima do homem e acaricia sua face.

Logo depois, com os olhos fechados, ela abraça-o por trás.

Lentamente... a mulher tira uma faca das vestes e crava-a no estômago do homem.

Do corredor, Mallear e Bella escutam um pulsar alto e claro.

Tum-tum.

Tum-tum.

Um coração.

Um foco de luz se surge da ferida, pulsando junto com o som.

Bella olha boquiaberta para Mallear, que nem a percebe. Ela vê o reflexo do brilho pulsante em seus olhos. Eles estavam tão vivos, tão jovens. Mallear estava em um estado quase de transe. Completamente absorvido pela cena.

Quando a mulher tira a faca do morto, o brilho para, assim como o som. Depois de acariciar o rosto do morto com seu próprio por mais alguns segundos, ela finalmente abre os olhos.

E, diretamente à sua frente, a talvez uns dez metros de distância, estão Bella, Mallear e a testemunha.

O olhar penetrante do espírito atinge a todos, passando uma sensação de medo e fúria.

O homem se assusta e começa a gritar. Mesmo cego, ele sentia o peso daquele olhar.

Bella fica paralisada. Suas pernas tremem levemente. Seu corpo não obedece. Ela tenta puxar sua arma, em vão.

Mallear, por sua vez, encara o espírito diretamente nos olhos.

A força de seus olhares parece criar faíscas.

Ele deixa o guarda-chuva nas mãos trêmulas de Bella e começa a andar na direção do espírito.

Com os punhos na frente do rosto, ele parece pronto para lutar.

– O que você quer? – pergunta Mallear.

O espírito desvia o olhar.

– Olhe para mim! – grita o detetive.

Mas o espírito continua evitando-o.

– Olhe para mim!

Dessa vez, a mulher vira o rosto e volta a encará-lo. Esse é o instante em que ela decide não enfrentá-lo.

O espírito larga o morto e a faca, deixando-a sobre a cama, e voa rapidamente em direção ao relógio.

Mallear começa a correr.

– Bella! – Ele a chama.

– O qu-que? – Responde a jovem, ainda muito abalada.

– São meia noite, quatro minutos e 40 segundos. Você tem 20 segundos para sair dai e vir até esse relógio.

Bella começa a arrastar os pés lentamente. Ela chega até o quarto.

Mallear pega sua maleta e guarda-chuva das mãos ainda paralisadas de Bella.

– Um relógio parado funciona como uma passagem para o outro lado. – Continua o detetive. – Duas vezes ao dia, é possível atravessar. É ou agora, ou daqui 12 horas. Mas duvido que encontremos nosso alvo depois desse tempo.

– E o que tem no outro lado?

Mallear coloca a mala em uma mão e o guarda-chuva na outra, depois olha para ela com um leve sorriso no rosto.

– Uma aventura.

Dizendo isso, o detetive corre em direção ao relógio e entra pelo grande vidro onde fica o pêndulo.

Há um grande brilho e depois… nada.

– Tim? Detetive? – grita Bella sem resposta.

Ela olha para o chão. Depois para a faca e, finalmente, para a testemunha no fundo do corredor.

Seu corpo volta a ser seu.

Ela corre.

– Vamos homem! Você vem comigo.

Bella puxa a testemunha pela mão e corre em direção à cama. Ela olha para a faca sobre o lençol. Sua lâmina brilhava em um azul leve e delicado.

Ela pega a faca e corre em direção ao relógio.

Com um suspiro, a mulher pula para dentro do vidro, trazendo consigo a faca e a testemunha.

"Uma aventura?" ela pensa. "Sim, estou pronta para uma".

O Rei e a
Deusa

Lucas Rocha

Lucas é um bibliotecário que só sabe organizar a bagunça dos outros. Um comprador compulsivo de livros que viu nos ebooks uma maneira de encontrar espaço físico novamente em sua casa. Um consumidor ávido de música e uma das pessoas mais irritadas quando o termômetro marca mais de 25 graus celsius.

Scrat scrat scrat é o som que minhas patinhas fazem enquanto corro e elas arranham o asfalto. Está escuro e sinto os cheiros da madrugada: cheiro de gente encolhida no canto, dormindo aos roncos altos e fedendo à cachaça; cheiro de gente acordada com fumaça de pedra dançando no ar; cheiro de merda embaixo dos pés e de chorume escorrendo pelas sacolas remexidas pelos cachorros e homens que parecem cachorros, porque cagam e mijam na rua, e esbravejam quando se sentem ameaçados. *Snif snif* muito cheiros enquanto corro, me escondendo das luzes pálidas que tentam iluminar as sombras.

Scrat scrat scrat.

Paro por um segundo para tomar fôlego. Coço a parte de trás de uma das minhas orelhinhas e arrumo a coroa sobre minha cabeça. *Uf uf.* Meu pulmão está queimando, meu nariz está coçando e eu espirro. *Atchim!* ecoa pelas paredes de vidros polidos e pedras antigas do centro do Rio de Janeiro. Tem um homem parado ali perto, e ele não está bêbado nem está usando fumaça de pedra, nem está esperando uma encomenda ou uma puta barata. Ele é um humano, e a gente aprende que não pode ficar muito perto de humanos. Pessoas como nós aprendem que não se pode chamar a atenção deles, senão o Escritório leva a gente preso. Eu já chamei atenção uma vez e eles me pegaram, e quando o Escritório te pega eles te batem e te cospem e não querem saber se você é inocente ou não, porque você fez eles gastarem o dinheiro deles e eles ficam com raiva quando gastam dinheiro.

Se eu fosse um vampiro, quem sabe pudesse andar do lado daquele humano sem chamar atenção. Mas não sou um vampiro. Não posso me misturar aos humanos porque tenho um rosto diferente: tenho um focinho preto no lugar do nariz e bigodinhos no lugar de barba, além de orelhinhas arredondadas que ficam no topo da cabeça; uso uma coroa de ratos mortos e tenho pelos cinzas ao longo do corpo; ando sobre quatro patas quando corro e tenho um rabo que fica do lado de fora das minhas calças, dançando e me dando equilíbrio.

Sou melhor do que um vampiro; melhor do que qualquer um que anda por essas noites, porque sou a criatura mais importante de um mundo que só alguns podem ver. Sou o rei dos que estão escondidos nas sombras e mergulham nas águas malcheirosas dos esgotos. Dono de todo um reino que os humanos ignoram, um reino do qual todos têm nojo e medo.

Eu sou o Rei dos Ratos.

Fui preso antes que pudesse conhecer meus súditos, mas agora estou aqui para reclamar o meu direito sobre o trono da cidade subterrânea. Sei que todos me esperam. Quando estive preso, os ratos se enfiavam pelos buracos da minha cela, conversavam comigo, e voltavam para cidade, espalhando minha palavra, enquanto deixavam todos ansiosos pela minha volta. Eles devem estar me esperando e se perguntando quando reclamarei meu trono para que possam me servir. Eles me amam, todos eles. São meus amigos, meus guerreiros, meus poderosos comandados. É por eles que estou aqui. Preciso deles tanto quanto eles precisam de mim.

Me desvio do humano e enfio os dedos por uma tampa de bueiro. *Uf uf uuuuuuuuuuuf* solto o ar enquanto meus braços queimam pelo esforço de levantar a placa de metal. Quando consigo, sinto cheiro de casa ao ver um grupo de baratas nervosas disparar em todas as direções, como se fossem um corpo coeso que se desintegra quando uma bomba explode. Mas elas estão andando de um jeito engraçado, meio desorganizado, como se me ver fosse alguma surpresa. Algumas delas voltam para dentro do buraco e desaparecem pela escuridão. *Tac tac tac tac* fazem suas patinhas escorregando pelas paredes cheias de limo.

Uso a escada para descer até os corredores que dão acesso à cidade subterrânea. Meus braços estão arrepiados e admito que estou ansioso para chegar logo aos meus súditos. Quero que todos possam me conhecer pessoalmente, me contar as novidades e o que perdi enquanto estive fora da cidade. *Ping ping ping* a água goteja pelo teto. Sinto o ar frio em contato com meu corpo e vejo lampejos elétricos de fios desencapados sobre minha cabeça, tudo passando como borrões coloridos e barulhinhos rápidos enquanto vou avançando, correndo, correndo, correndo em direção à entrada da cidade subterrânea, onde todos me laurearão e me levarão sobre seus ombros em direção ao trono.

Estou tão empolgado que nem percebo quando tropeço em um súdito encolhido no meio do caminho.

Ele está enrolado em uma coberta que tem cheiro

de suor e fumaça de pedra, e seu corpo é tão pequeno que por pouco pode ser confundido com uma criança abandonada. Mas seus olhos oblongos e completamente vermelhos, que cobrem metade de seu rosto peludo e se estendem quase até o queixo, deixam claro que ele não é um humano. Seus olhos não piscam, mas a cabeça mexe de um lado para o outro em sinal de que está desperto; sua boca é um orifício de pele mole alongado que parece uma tromba. Ele estala o pescoço e aperta ainda mais o cobertor em volta de seu corpo, esfregando os braços freneticamente na frente do rosto.

– Quem é você? – ele pergunta, arrastando-se pelas palafitas de metal que ficam sobre o rio de merda que corre abaixo de nós, escorando as costas na parede limosa. Ele solta um gemido de dor e eu o reconheço porque os ratos já me falaram sobre ele. É Tomás, o Homem-Mosca. Ele não tem asas porque elas foram arrancadas quando sua dívida de pedra ficou muito alta e ele não conseguiu pagar. Sim, eu me lembro dele.

– Tomás? Já ouvi histórias sobre você e espero que também já tenha ouvido falar de mim – digo, elevando-me altivo enquanto os olhos vermelhos dele brilham o reflexo dos fios desencapados. – Sou o Rei dos Ratos.

– Rei... dos Ratos?

– Sim! Vim reclamar o direito ao trono da cidade subterrânea!

– Não, não, não... – ele continua esfregando as mãos sobre o rosto, passando-a pelo orifício que é a boca dele, e vejo que suga todas as impurezas grudadas nos pelos de suas mãos. Ele não me chama de Majestade e já me preparo para impor respeito, mas ele é mais rápido.

– Você não devia tá aqui, cara... não não não, isso não vai dar certo, não mesmo, nem um pouco certo.

Estou confuso. Ele deveria estar fazendo uma mesura, não dizendo aquele tipo de coisa.

– Esse é o meu lugar, Tomás – respondo, fazendo questão de falar o nome dele. Um bom Rei chama seus súditos pelo nome. – Vocês precisam de mim.

– Não, não, não... – ele repete nervoso, balançando a cabeça e passando as mãos mais uma vez pelo rosto de um jeito exasperado. – Você não devia tá aqui, não devia, não devia, não devia...

– O que aconteceu, Tomás?

– O que você acha, Rei dos Ratos? – ele me pergunta e fico um pouco ofendido, porque o jeito que ele fala parece ser o mesmo que usa quando fala com algum retardado mental. – O trono já está ocupado.

Franzo o rosto.

– O quê? Isso é impossível. Eu sou o Rei!

– Temos uma líder agora – Tomás diz, olhando para as baratas que se esgueiram pelas paredes.

– Quem usurpou meu trono?! – pergunto, falando mais alto do que pretendo. Minha voz ecoa em um ono ono ono ono e a fileira de baratas corre desesperadamente em direção às portas de entrada da cidade subterrânea.

– Shhhhhhhh, fala baixo! – ele me pega pelos braços e

se encolhe ao meu lado, e sinto o cheiro forte de fumaça de pedra entranhado no corpo dele. – Se ela souber que você tá aqui, pode querer sua cabeça! Ela não gosta de ter o poder desafiado!

– Ninguém vai arrancar minha cabeça, Tomás. Todos me amam. Eu sou o Rei.

– Todos só conhecem as histórias, cara, você nunca foi visto por ninguém além dos ratos. Você não passa de um boato, uma história para ratos dormirem. As pessoas daqui não sabem quem você é. Além do mais, os ratos não são exatamente queridos na cidade subterrânea desde que a Deusa tomou o trono.

– Por que meus súditos não são queridos?

– Porque eles esperam por você, cacete! E a Deusa não gosta de ratos dizendo que alguém está vindo tomar o lugar dela. Não é óbvio, seu estúpido?

Tenho vontade de arrancar um dos olhos dele pela insolência. Ele me chama de você ao invés de me chamar de *majestade*, me segura com suas mãozinhas viscosas e cobertas de pelos como se eu fosse um dos seus amigos e ainda me chama de estúpido?

– Quero entrar na cidade – digo para ele, me segurando para não matá-lo ali mesmo.

– Não, cara... é muito, muito, muito perigoso.

– Me leve para dentro – repito.

– Você vai morrer lá dentro.

– Agora, Tomás.

Ele não parece satisfeito. Passa as mãos em volta do

rosto mais uma vez e um zumbido soa no fundo de sua garganta, mas ele por fim concorda.

– Siga-me.

Nos embrenhamos pelas rotas alternativas que dão acesso à cidade subterrânea. Acho aquilo um ultraje. Eu deveria entrar pelo portão principal e ser reverenciado por todos os meus súditos, mas ao invés disso sou obrigado a me inclinar no espaço sufocante daquele corredor circular que dá para uma placa de pedra solta e desprotegida pelos guardas da cidade.

Tomás estende seu cobertor fedorento e manda que eu o coloque sobre minha cabeça. Eu obedeço mesmo a contragosto, escondendo a coroa de ratos. Com dificuldade, ele consegue chutar a pedra solta, revelando uma abertura pequena, mas com espaço suficiente para que consigamos passar para dentro da cidade. *É a toca que os vendedores de pedra usam para escoar a droga*, ele me diz como se soubesse o que minha mente quer perguntar para ele.

Entramos em uma sala cheia de pedras brancas de diversos tamanhos. Com destreza, Tomás coloca algumas nos bolsos da calça e olha desconfiado para os lados, mas não tem ninguém por perto. Tem um rádio ligado em uma estação que faz um chiado irritante, e consigo ouvir uma voz deslizando pelas ondas estáticas. Ela se propaga pelo ar com um timbre sibilante e arrastado.

– *É ccccccchegada a hora, crianççççççççças* – ouço o que parece ser uma voz feminina. – *Nossssos objetivossss ssserão alcançççados na noite de hoje. SSSSSeremos livressss como ssssempre deveríamossss ter ssssssido.*

– Quem está falando no rádio, Tomás? – pergunto, curioso.

– É a Deusa... – o homem-mosca responde, me pegando com uma de suas mãos peludas e se esgueirando para fora da toca. Ele se arrasta pelas sombras produzidas pelos holofotes que dão luz artificial à cidade, que pouco a pouco vão se apagando, prenunciando o início da noite subterrânea. Nos encolhemos atrás de uma caçamba de lixo e Tomás puxa seu cachimbo feito com uma lata de alumínio. Desliza uma das pedras brancas e acende um isqueiro, produzindo uma fumaça malcheirosa que ele aspira com sua tromba. Seus olhos faíscam de prazer. – Ela é a nossa soberana.

– *Eu* sou o soberano de vocês.

Tomás ri.

– Você realmente acredita nisso, Rei? Os ratos que estão na sua cabeça são os únicos que te conhecem.

– A missão dos ratos era deixar tudo pronto para mim! – digo, indignado, tirando a coroa. São corpinhos de ratos que amarro pelos rabos, um sinal de respeito aos que morreram durante meu reinado. Minha coroa de súditos. – Eles deveriam ter feito tudo para que eu chegasse aqui com todas as glórias do mundo!

– Eles não fizeram um bom trabalho – Tomás responde, expirando sua fumaça acre. – As pessoas preferem acreditar na Deusa porque ela está aqui, e ela prometeu que a cidade iria para cima.

– O quê? – pergunto, arregalando os olhos.

– Você tem um bom *timing*, cara. Chegou no dia em que o plano vai ser posto em prática. Ela quer libertar todo mundo dessas paredes escuras.

– Mas ela não... não pode fazer isso – digo, coçando a têmpora. – O Escritório prende qualquer um que não tenha cara de humano e que ande no meio deles!

– Você sabe quantos nós somos, Rei? – ele pergunta, e vejo que seus olhos vermelhos parecem distantes, em outra realidade. – Se a cidade inteira subir, o Escritório não vai fazer nada. E nós estaremos livres. Ela é a Deusa do Sol, sabia? Slunce, Dwng-Xathity, Sunce, Soare, Adlaw, Gunes, Sürya... ela tem muitos nomes e muitas promessas. Ela diz que estamos presos na escuridão por conta dos humanos e que nossa missão nesse planeta não é rastejar, porque não somos inferiores para sermos tratados como lixo. E as pessoas gostam dela e das promessas dela; ela usa um raio de sol no pescoço e diz que aquela luz é um pequeno fragmento de tudo o que podemos sentir às nossas costas quando estivermos livres; diz que poderemos sentir o cheiro de grama recém-cortada e da espuma do mar, sentir o cheiro de suor evaporado e de flores desabrochando pela manhã. Bons cheiros, que eu nem sei como são.

– Não somos tantos assim! Ela vai matar todos nós! – estou confuso, minha cabeça gira e não quer parar de girar. – Ela não pode decidir isso! Eu sou o Rei!

Tomás dá outra tragada em sua fumaça malcheirosa.

– Já é muito tarde para tentar reverter as coisas agora

– diz, escorando as costas sem asas na parede e me puxando pelo ombro, olhando para cima. Percebo que uma luz ofuscante está dançando nas paredes, canhões de luz que vagam em direções aleatórias e passam pelo nosso refúgio. Ouço palmas, estalares, gritos, zumbidos, escárnios, vaias, *yeah yeah yeahs* e *zum zum zuns*, todos os sons ao mesmo tempo, como uma tempestade impiedosa.
– Gostaria de conhecer a Deusa, Rei?

Tomás se levanta de trás da caçamba de lixo e me puxa para a multidão que começa a se aglomerar no meio da praça principal da cidade subterrânea.

É uma praça pequena para uma cidade pequena: consigo ver uma cachoeira aonde um filete de água podre cai a partir de uma abertura circular na parede de pedra, salpicando gotículas malcheirosas em direção a todos; vejo um chafariz no formato de um Peixe-Homem, que ostenta uma pose de deus enquanto as guelras na parte de trás de suas orelhas escorrem mais daquela água escura; vejo plantas luminescentes crescendo no caminho pavimentado com tijolinhos vermelhos, que termina em uma escadaria para um púlpito elevado sobre a água da cachoeira.

E, lá em cima, sentada em uma poltrona vermelha e puída, com pedaços de espuma amarela pulando em todas as direções e uma mola visível em um de seus braços, está a Deusa.

Ela mantém as pernas cruzadas e seu vestido longo envelopa seu corpo. Sua pele é brilhante e só quando presto atenção consigo perceber que é uma carapaça amarronzada que muda de cor à medida que a luz entra em contato com ela. Seus braços são largos e estão colocados sobre o trono puído, e sua cabeça olha para os lados com uma pose perfeita para um quadro. Suas presas estendem-se e despejam uma gosma amarelada sobre seus seios, e sua língua áspera vez por outra lambe suas mandíbulas externas; seus olhos são duas esferas completamente negras, ligadas à cabeça de uma forma sutil, como se estivessem prestes a rolar pelo chão a qualquer segundo.

– É ccccchegada a hora, meussss fiéisssss amigosssss – a voz dela sibila ainda mais quando a ouço sem a interferência do rádio. Me encolho no cobertor enquanto avançamos por criaturas cobertas de escaras e com asas no lugar de braços, com olhos vermelhos e aparências que fariam qualquer humano se cagar de medo. – Nossssos diasssss não sssserão mais essssscuros – ela leva uma das mãos de três dedos até o colar que tem no pescoço. É um pequeno invólucro de vidro que brilha incessantemente, cores douradas dançando nos olhos de todos, como um pequeno sol visto de perto. – Ssssomossss a luzzzz, e a luzzzz odeia assss trevassssssss.

Observo um grupo de baratas se esgueirar pelas paredes enquanto a Deusa fala. Sem cerimônias, elas deslizam pelo caminho de tijolos vermelhos em direção ao trono. Um grupo delas sobe pelas pernas da Deusa, que não se incomoda com aquele ato no meio de seu discurso. As baratas se arrastam pelo vestido branco até ficarem no ombro dela, como um pequeno tumor em movimento. Parecem falar alguma coisa, e a Deusa as ouve silenciosamente, meneando a cabeça enquanto seus olhos parecem brilhar pelas informações recebidas.

– Sssssenhoras e ssssenhores, acabo de reccccceber uma exccccelente notícia! – ela parece feliz, mas conheço aquele tipo de felicidade. Um dos meus amigos da prisão me disse que o nome dela é ironia. – Pareccce que temosss um convidado entre nósss!

Todos os que olham para frente emudecem e, mesmo sabendo que ela é uma falsa Deusa e que não merece o trono da cidade subterrânea, sinto minha espinha gelar.

– Ele ssse intitula REI! Rei dos Ratosssss!

Olho para o lado em busca de Tomás, mas ele já desapareceu em meio à multidão. Estou sozinho ali.

– Ora, Rei, venha até sssseu trono!

Continuo quieto. Talvez o silêncio a faça esquecer aquela ideia e continuar com seu discurso.

– Sssserá que ele é um Rei covarde? – a pergunta faz todos rirem. – Ou sssserá que minhas irmãssss essssstavam enganadassss? Acccccho que sssssó há uma forma de desssssscobrir.

Ela dá uma série de passos que ecoam pela pequena praça enquanto todos prendem a respiração, andando até uma abertura circular ao lado do púlpito.

Quando volta, está com um rato nas mãos, acariciando a cabecinha dele, que está desesperado, em busca do Rei que deveria protegê-lo.

– Sssse minhasss irmãsss estiverem cccccertasssss, acccho que isssssso será maisss do que um inccccentivo para que nosssso Rei apareçççça. Sssse estiverem erradassss... bem, ssse estiverem erradasss, me preocupo com elassss depoissss.

Suas mãos se fecham sobre o corpinho do meu súdito, que tenta a qualquer custo morder a carapaça dela. É inútil: seu corpo é duro demais para os dentinhos dele.

Estou tremendo embaixo do cobertor, torcendo para que ela não leve aquela ideia adiante. Ela pode esquecer de tudo e libertá-lo, não pode?

O gritinho que sai da garganta dele é agoniante.

– PARE COM ISSO! – ouço minha voz gritar enquanto tiro o cobertor da cabeça, o isso isso isso ecoando pela cidade. Percebo que todos estão calados, ansiosos pelo que está para acontecer.

– Sssse não é o audacccioso Rei dossss Ratosss! – ela grita, soltando meu súdito, que corre aliviado por entre os pés da cidade e desaparece por um buraco qualquer. – Eu ouvi hisssstóriasss ssssobre vocccccê, meu caro, massss pensssssei que ossss ratossss esstivesssssem loucosssssss!

– Você está no meu trono, mulher barata – digo antes que possa evitar. Meu coração está fazendo tum tum tum tum tum muito rápido, e meus olhos estão apertados de raiva. – Esse é o meu trono e a minha cidade! Eles são os meus súditos!

– Voccccccê não passssa de um boato, Rei... não esssteve na boca dasss pessssoas por tempo o bassstante ssssequer para ssssse tornar uma lenda – sua língua áspera e azulada lambe suas mandíbulas e ela suga o líquido pegajoso que escorre dali. – Não passssa de um louco que ssse accccha poderosssso.

– *Eu não sou louco...* – murmuro baixinho. – EU NÃO SOU LOUCO!

É mais forte do que eu, e quando percebo estou correndo com as patas apoiadas no chão, o rabo batendo nos paralelepípedos da cidade enquanto todos abrem caminho para que eu passe. A Deusa bate as mandíbulas e percebo que está se comunicando com suas irmãs. Logo, o chão por onde piso está coberto por uma infinidade de baratas. Suas carapaças estalam quando piso sobre elas e as esmago, mas elas voam à minha volta, pousando sobre meu corpo, me aprisionando em suas carapaças. São muitas, e pouco a pouco elas conseguem me imobilizar. Percebo que seus corpos tomam a forma de uma esfera perfeita, que rola pelo chão comigo dentro, deixando um rastro de corpos amarronzados daquelas que não tiveram tanta sorte.

O cheiro dentro da bola é horrível. Ouço zumbidos vindos de todas as direções e sinto pequenas bolinhas pretas de excremento caindo dentro dos meus olhos e da minha boca, me fazendo tossir de nojo, *cof cof cof*! Tento dar socos da prisão, mas mal eles a atravessam e jogam baratas em todas as direções, outras aparecem e tapam o buraco, em uma harmonia perturbadora. Elas rolam pelo pavimento comigo e sinto quando sobem os degraus da escada, minhas costas doloridas ao baterem nas pedras. Sinto um pequeno buraco abrir-se naquela prisão, na altura da minha cabeça e, quando olho para fora, a Deusa está me encarando com seus olhos que são duas esferas negras como a tristeza.

– Sssssssaiba, lunático, que esssssa cidade esssssstá para ssssubir! Nosssssos habitantessss querem ssssentir o sssssol ssssobre sssssuasss cossstas, sssentir o ccccheiro do vento na primavera!

– Eu estive lá em cima, mulher barata – respondo, falando alto o bastante para que a cidade inteira ouça. – E tudo o que senti foi cheiro de merda, tudo igual aqui. Eu vi o que acontece com quem aparece sem que o Escritório deixe. Você sabe o que eles fazem, não sabe? Eles te torturam e te quebram, e quando você acha que acabou, eles riem da sua cara e te batem mais.

– Nósss sssomoss muitosss!

– E eles são maiores! Você não é uma deusa, é apenas mais uma mulher com cabeça de barata. Nós nunca seremos maiores do que o Escritório!

– Issssso é traiççççção, meu caro – ela sibila. Depois volta os olhos negros para a cidade e pergunta: – O que fazzzzzemos com traidoresss, meusss carosss?

– MORTE! – a turba responde em uma só voz, como se tivessem ensaiado. – MORTE! MORTE!

– Nóssss vamosss ssssubir, rato, e não há nada que você posssssa fazer.

A fresta por onde consigo ver a Deusa se fecha e volto a ser sufocado pela escuridão. Meus súditos ainda gritam MORTE MORTE MORTE, sem saber o que dizem, e tenho vontade de fazê-los entender como estão errados.

A Deusa não está errada. Devemos subir e tomar conta do mundo. Somos muitos e, apesar de não sermos tão fortes quanto o Escritório, podemos fazer coisas incríveis.

Mas esse não é o jeito certo. Não, não, não, ela não sabe o que está fazendo. Ela será esmagada lá em cima porque não pensa, ela é só um monte de impulsos e sibilos e ordens. Ela não quer o bem dos cidadãos. Ela quer ser amada como a Deusa que os tirou da escuridão, e isso não está certo.

Mas não posso pensar nisso agora. Ela nunca vai me ouvir. Nunca vai admitir que está errada. Sinto que minha prisão de baratas está se aproximando dela.

Subitamente, sei o que fazer.

– Deusa! – grito. – Tenho direito a um último pedido?!

Ela demora um segundo para responder e, quando responde, o que sai de sua garganta é um sorriso.

– Reissssssss imploram por pedidosssssssss?

– É a tradição entre os reinados! – respondo. – Você saberia, se fosse uma rainha.

Ela parece achar graça nas minhas palavras. Aproxima-se um pouco mais de mim e se agacha, mantendo seu corpo na minha altura.

– Eu não sou uma rainha. Sou uma Deusa! E deuses são misericordiosos. Então diga o que quer – sua voz é ainda mais ameaçadora sem os sibilos.

Não respondo. Ao invés disso, uso toda a força que tenho para quebrar a parede de baratas que me envolve. Elas se espalham para todos os lados, mas antes que consigam empurrar minha mão mais uma vez para dentro do invólucro, consigo alcançar o colar no pescoço da Deusa. Ela solta um sibilo que ecoa assustadoramente pelas paredes da cidade subterrânea.

O colar é mais quente do que eu imaginava. Sinto bolhas nascerem na palma da minha mão, mas ignoro a dor. Uso a outra mão para abrir espaço entre as baratas e, dando um berro de fúria misturado à dor, coloco aquele invólucro no meio das mandíbulas nojentas dela, que ainda gotejam saliva amarelada.

Ouço o vidro se estilhaçar, fazendo com que o raio de sol contido ali exploda em feixes que cegam a todos os presentes na praça. As baratas se dispersam, assustadas com o clarão, e me deixam ali ao lado da Deusa, sua silhueta iluminada por uma luz quente e amarela que a preenche completamente. Até que vejo as chamas, que a princípio não se propagam em sua grossa carapaça, mas que aos poucos a incendeiam por dentro, fazendo com que o grito que sai de sua garganta seja ouvido até pelos humanos que passam por perto do esgoto. Mas o grito não assusta tanto quanto a luz que emana de seu corpo. Deve ser a primeira vez que muitos deles veem a claridade, e eles têm medo.

Seguro minha mão coberta por bolhas, cansado. As baratas estão concentradas em volta da Deusa, mas não conseguem se aproximar por conta do calor que ainda sai do corpo dela. Fecho os olhos e deixo que minha garganta emita um som baixinho, que só meus fiéis súditos podem ouvir.

Aos poucos, os ratos saem de seus esconderijos e das prisões controladas pelas baratas. Eles infestam a cidade subterrânea com seus barulhinhos, dentinhos e risinhos.

Todos vêm na minha direção e consigo reconhecer a maioria deles.

Olho para a cidade. Todos os olhos estão chocados. Todos olham para mim, as respirações presas nas gargantas. Esperam por minhas palavras.

Enfim, digo para todos, como apenas os reis conseguem dizer:

– É uma honra estar finalmente entre vocês, fiéis súditos. Eu sou o Rei desta cidade.

– REVERENCIEM O REI DOS RATOS! – ouço uma voz soar entre a multidão. Olho para as cabeças em suas mais diferentes formas e reconheço Tomás, que olha para mim ao mesmo tempo assustado e incrédulo.

Vejo as cabecinhas dos ratos abaixando-se, seus olhos fechados enquanto eles posicionam as patas dianteiras à frente do corpo. Aos poucos, todos os habitantes da cidade subterrânea imitam o gesto.

– Quando vamos subir, sua Majestade? – ouço a voz de Tomás perguntar entre a multidão.

– Quando vocês perderem o medo da luz – respondo. – A Deusa nos mostrou que a luz pode ser tão aterrorizante quanto as trevas. Vamos subir, meus súditos, mas não hoje. Subiremos em breve. Em breve, a cidade de cima será tão nossa quanto essa cidade subterrânea.

Santuário
Profanado

Roberta Spindler

Roberta Spindler nasceu em Belém do Pará, em 1985. Graduada em publicidade, atualmente trabalha como editora de vídeos. Nerd confessa, adora quadrinhos, games e RPG. Escreve desde a adolescência e é apaixonada por literatura fantástica. Tem contos publicados em diversas antologias. É autora de "A Torre acima do Véu" e co-autora de "Contos de Meigan – A Fúria dos Cártagos".

A noite começou agitada. Assim que

o cadáver foi avistado, iniciou-se uma movimentação histérica. Quando D'joy chegou, a multidão já se acotovelava ao redor do corpo. Ele foi bombardeado por perguntas e comentários nervosos, mas fez questão de ignorá-los. Aquele já era o segundo assassinato em uma semana. Se fosse comprovado que o assassino era o mesmo, a repercussão iria estourar.

Ao se ajoelhar ao lado do corpo, não precisou analisá-lo com muito cuidado para notar a incontestável ligação com o crime anterior. Os dois primavam pela violência exagerada. A vítima fora espancada e estrangulada. Já depois de morta, teve suas asas arrancadas, provavelmente para serem levadas como troféu. Não havia sinal do uso de magia, o que provava que ela fora surpreendida e não teve tempo para reagir. Era uma fada nova, talvez com menos de duzentos anos, o que também se encaixava no perfil do caso anterior.

D'joy não ficou nada feliz com aquelas evidências, pois elas apenas confirmavam seus temores. Tirando o pó das vestes, forçou caminho pelo aglomerado que o cercava. Agora as perguntas tinham se transformado em ferrenhas acusações.

– Foi um humano! Foi um humano com certeza!

Não havia como negar os clamores. Nenhum duende ou fada tinha a força necessária para arrancar as asas daquela pobre garota. Não sem o uso de magia... Além disso, as pegadas no chão indicavam que o suspeito usava um tênis. Ah, como D'joy odiava quando principiantes levados pelo medo conseguiam chegar às mesmas conclusões que as suas. Entretanto, não perderia tempo com implicâncias. O caso era sério e o medo da população, totalmente aceitável. Depois de quase mil anos, um homem conseguira pôr seus pés no Santuário e, como era de sua natureza, começara a profaná-lo.

O Santuário era o último lugar da Terra que os povos mágicos ainda habitavam com segurança. Depois de serem quase dizimados, fadas, duendes e elfos se refugiaram naquela floresta encantada – a única a ainda preservar árvores datadas dos primórdios do mundo – e lá construíram seu reino. Protegidos por encantamentos poderosos, garantiram que nenhum ser não-mágico fosse capaz de entrar sem autorização. Aquele fato em especial tornava o mistério dos assassinatos ainda mais perturbador. O humano passara pela barreira, disso ninguém mais duvidava. A grande questão era saber como.

Sentindo seus mais de mil e quinhentos anos pesarem, o elfo D'joy caminhou até a fronteira, local que delimitava onde o Santuário terminava e o mundo dos homens começava. Ao chegar, logo sentiu que a barreira havia sofrido um abalo fazia pouco tempo. Focando toda a atenção na parede luminosa que protegia seu reino, encontrou o local exato da anomalia. Ali, a aura mágica fervilhava repleta de emoções. Excitação, ódio, prazer, euforia e satisfação evidenciavam que, depois de praticar seus horrendos crimes, o assassino retornara ao seu mundo.

Um misto de alívio e raiva se apoderou do elfo. Por

um lado estava grato que o criminoso tivesse deixado o Santuário, mas por outro sentia-se fracassado. Não fora capaz de encontrá-lo e acabou permitindo sua fuga. Além disso, nada impedia o maldito de voltar. O método que utilizara para burlar as proteções da barreira ainda era desconhecido e podia muito bem ser utilizado outras vezes. Aquela constatação causou um arrepio desconfortável no elfo. Não havia outro jeito, teria que pedir autorização dos anciões para, mais uma vez, adentrar no território dos humanos. Precisava encontrar aquele maníaco antes que ele decidisse atacar novamente e até já tinha uma ideia de quem poderia ajudá-lo naquela investigação.

Durante a madrugada, o bairro Vila Verde ficava praticamente deserto. Apenas os brinquedos esquecidos em algumas varandas eram provas de que havia vida dentro das grandes casas, agora tomadas pelo silêncio. Érica não tinha filhos, muito menos um marido, mas acreditava que trocar seu velho apartamento por uma residência naquela vizinhança familiar tinha sido a melhor decisão de toda sua vida. Como seu trabalho a deixava muitas noites em claro, nada podia ser melhor do que evitar o caos infernal do centro daquela cidade que nunca dormia.

Naquela noite em especial, não havia nenhum serviço pendente e Érica pôde desfrutar da sua enorme cama de casal. Depois de passar quase uma semana sem dormir direito, deitar num colchão macio e esticar as pernas era uma verdadeira conquista. Estava quase adormecendo, naquele limiar em que os pensamentos começam a se confundir com os sonhos, quando um barulho de vidro quebrando a sobressaltou. De maneira automática, ela se levantou e apanhou sua arma na gaveta da escrivaninha. Aquele ladrão tinha escolhido a casa errada para arrombar.

Na total escuridão, desceu as escadas e seguiu o barulho. Não demorou muito até concluir que o intruso quebrara uma das janelas da sala. De arma em punho, se aprontou para surpreender o meliante. Porém, não se preparara para encontrar uma criatura esverdeada, baixinha e com orelhas pontudas. O susto a deixou paralisada por tempo suficiente para que o elfo a notasse. Ele a encarou com seus intensos olhos violetas.

– Surpresa em me ver? – Perguntou, tirando das vestes os últimos cacos de vidro.

Érica hesitou antes de baixar sua arma. Mesmo conhecendo D'joy há quase vinte anos, nunca gostava das suas aparições repentinas. Passou a mão livre pelos cabelos despenteados.

– Meu deus, D. O que você veio fazer aqui?

O rosto do elfo se contorceu numa expressão preocupada e, no mesmo instante, Érica sentiu um incômodo frio na barriga. Aquelas visitas nunca significavam algo bom.

– Preciso da sua ajuda – disse ele, em voz baixa. – Temos um assassino no Santuário e ele é humano.

Érica ficou calada, tentando digerir aquela revelação bombástica.

– Como isso é possível?

– Eu ainda não sei – D'joy suspirou. – Mas ele já matou

duas fadas e vai continuar se eu não conseguir detê-lo.

– E o que eu posso fazer? O crime foi no seu território, não é minha jurisdição...

– Ele não está mais no Santuário. Pelo carvalho ancião, Érica! Sei como te sentes, mas preciso que me ajude a encontrá-lo.

O elfo ergueu a mão, esperando que a humana a segurasse. Érica sabia que ele pretendia lhe passar suas memórias e ponderações sobre o crime, só não tinha certeza se queria vê-las. Fazia cinco anos que abandonara a DIPM, Divisão de Investigação do Povo Mágico. Prometera que nunca mais se envolveria em casos do velho reino, mas como negar um pedido de seu mentor? D'joy a tirou de um mundo de loucura e a ensinou a lidar com seus dons. Foi o único que, ao invés de atormentar uma confusa menina de quinze anos que via seres fantásticos, decidiu ajudá-la. Ela tinha uma dívida eterna com ele e talvez fosse a hora certa de começar a pagá-la. Decidida, apertou com firmeza a pequena mão calejada e escura. Era hora de ver o que tanto afligia seu velho amigo.

Quando as visões terminaram, ela teve que sentar no sofá. A brutalidade do crime chocou. Precisou de alguns instantes para se recuperar e voltar a ser apenas uma investigadora.

– Concordo com suas conclusões. Foi um humano – disse, desgostosa. – Pelo tamanho das pegadas, acredito que seja um homem. Vocês conseguiram alguma memória dos corpos?

O elfo negou com um aceno.

– Os anciões não permitiram a profanação.

– Isso torna as coisas mais complicadas. Se não temos o perfil do suspeito, como saberemos onde procurar?

– Pensei que talvez pudéssemos partir para uma linha de investigação mais tradicional, minha cara *ryaat*. – A última palavra era uma espécie de gíria usada pelo povo mágico para se referir a humanos amigos. D'joy retirou do bolso do casaco um pequeno recipiente de vidro que continha sujeira e sangue. – Recolhi isso das unhas da primeira vítima, precisaremos de um laboratório para analisar a evidência.

Depois de uma saída para lá de conturbada, Érica nunca pensou que voltaria a pisar no prédio da DIPM, localizado num bairro comercial da cidade. Graças à magia, os seres que viviam fora do Santuário eram capazes de manter suas identidades em segredo, camuflando-se e disfarçando sua aparência. Entretanto, alguns humanos, incluindo Érica, não eram afetados pela mágica e muitas vezes acabavam causando diversos problemas, pois não conseguiam entender o que presenciavam. Para resolver situações como aquela e manter uma convivência pacífica entre as espécies, homens e seres mágicos criaram aquele departamento.

Apesar do propósito honrado, a ex-agente não se sentia nada bem em retornar. As brigas com seus supervisores ainda lhe pareciam muito recentes, mesmo depois de anos. Acreditava que podia fazer todas as análises no laboratório da polícia local, onde agora trabalhava, mas

D'joy insistiu em utilizar as instalações da DIPM.

Que os equipamentos eram melhores, ela não duvidava. O que incomodava era ter que rever todas as pessoas que abandonara. Ao deixar a divisão, foi considerada quase uma traidora, sabia que seria difícil conversar com os membros de sua antiga equipe. Esperava sinceramente que D'joy tivesse mais influência sobre eles. A subida pelo elevador pareceu demorar mais do que o costume.

Percebendo o desconforto da pupila, o elfo deu um suspiro pesado. De certa forma, compartilhava dos seus sentimentos. Anos antes, decidira retornar em definitivo para o Santuário. Aprendera muito com os humanos mas, no fim, as mentiras e o desrespeito acabaram destruindo toda a confiança que um dia depositara neles. Agora, considerava Érica a única daquela raça a merecer o seu respeito.

Quando o elevador abriu as portas, revelou um homem de terno negro os aguardando. Assim que o avistou, Érica se preparou para o show de horrores.

– Então não era mentira? – o homem falou de maneira debochada. – A desertora teve coragem de voltar!

– Acho melhor parar, Santiago! Não estou com paciência para provocações.

Antes que seu antigo parceiro continuasse com as afrontas, ela o empurrou para o lado e seguiu com passadas duras pelo corredor. Sem saber como reagir a tamanha hostilidade, D'joy apenas deu de ombros e a seguiu.

– Santi, vejo que continuas um amor de pessoa... –

disse ao passar pelo agente engravatado.

– Não pense que estou feliz em te ver, verdinho – O homem correu atrás dos dois. – Ainda pode ter alguma influência aqui, mas isso não significa que vai mandar na nossa vida.

– Não quero mandar em ninguém. Vou usar suas máquinas por algumas horas e depois irei embora.

Assim que entraram no amplo laboratório, foram recebidos por um jovem magro que usava um óculos de aro grosso e preto. Com os cabelos arrepiados e as roupas amassadas, parecia ter dormido em uma das mesas de análise.

– É uma honra recebê-lo, Senhor D'joy Kuary Pikz – disse de forma pomposa e arriscou algumas palavras no idioma do povo mágico. – Tar kipar muhadoni.

Diante de tamanha bajulação, o elfo revirou os olhos. Cumprimentou o rapaz com um leve aceno e fitou Érica, pedindo silenciosamente que ela continuasse a conversa. A investigadora não pareceu muito feliz, mas acabou concordando.

– Vejo que você é novo por aqui – disse em tom formal e observou o crachá preso no jaleco dele. – Agente Leonardo. Será que podíamos esquecer as apresentações e ir direto ao assunto?

O rapaz sorriu sem graça.

– Sinto muito. É que ter a oportunidade de conhecer uma lenda como o Senhor D'joy me deixou um tanto entusiasmado.

Naquele instante, Santiago também entrou no laboratório e, percebendo a situação, deu dois tapinhas nas costas do jovem.

– Leo, meu filho, você não precisa puxar o saco desses dois desertores.

Desconfortável, o jovem agente se desculpou e adotou uma postura mais profissional. Pediu as evidências que seriam analisadas. D'joy entregou o frasco a ele, que se mostrou bastante aliviado em deixar os três sozinhos e ir fazer o seu trabalho.

– Você podia ser mais amigável com os novatos, Santiago. O garoto está apavorado – Érica repreendeu o antigo parceiro.

– E que graça teria isso? – Ele deu uma sonora gargalhada. – Você está se tornando uma velha chata...

D'joy e Érica se entreolharam e a pergunta que ficou no ar foi como a humana conseguiu aguentar aquele cara por tanto tempo? Nem ela se sentia capaz de dar alguma explicação.

– Mas afinal, esse cara que vocês estão procurando atacou em que região? – Santiago perguntou. – Não ouvimos nenhum relato de problemas com os baixinhos – Era daquela forma que ele costumava se referir aos seres mágicos.

D'joy não queria falar sobre as mortes. Se a notícia de que um humano profanara o Santuário vazasse, o DIPM assumiria a investigação. E um dos principais pedidos dos anciões ao liberarem D'joy, era o de envolver o mínimo de humanos possível. Ninguém podia saber o que eles fariam com a informação de que as defesas do velho reino não eram intransponíveis.

– Foram casos isolados, Santi – disse de maneira fria. – Nada que cause o alerta do teu departamento.

– Mas mesmo assim vocês estão aqui, requisitando nossos equipamentos... Eu não caio nessa.

O agente esperou que seus antigos colegas começassem a se explicar. Em silêncio, Érica amaldiçoou o faro aguçado do ex-parceiro. Santiago podia ser encrenqueiro e cabeça quente, mas ainda era um dos melhores investigadores do DIPM. Notou um movimento ao seu lado e arregalou os olhos ao ver D'joy oferecer a mão ao outro.

– Você está certo disso, D? – perguntou, receosa.

O elfo meneou a cabeça e fitou o agente. Santi, porém, estreitou seus olhos castanhos com desconfiança. Aquele gesto fez D'joy ranger os dentes.

– Eu não entendo. Não querias saber do caso? Então, estou aqui oferecendo uma oportunidade!

Santiago passou as mãos pela gravata amassada.

– Sabe, a última vez que confiei num baixinho e compartilhei de suas memórias, acabei em coma por duas semanas. Não estou com vontade de repetir a experiência.

– És mais esperto do que parece, Santi. – O elfo deu de ombros e caminhou na direção do atarefado agente Leonardo. – É uma pena, pois eu não pretendia te deixar em coma. Tudo o que queria era fritar teu cérebro...

Érica sorriu de maneira discreta. Era sempre interessante observar as provocações daqueles dois.

– Continue rindo. Ele pode tirar sarro da minha cara, mas não vai me fazer desistir – Santi retrucou, irritado. – Não vou largá-los até saber direitinho o que estão tramando.

Duas longas horas depois, Leonardo retornou com uma expressão tensa no rosto. Percebendo aquele desconforto, Érica logo tomou a iniciativa de questioná-lo. O jovem parecia assustado, como se tivesse descoberto algo de extrema gravidade

– Acabei encontrando um registro que combina com o DNA da evidência que vocês me forneceram – explicou.

– E? Quem é ele? – Érica perguntou.

O cientista hesitou. Fitou Santiago e pediu para que ele se aproximasse. Érica e D'joy pressentiram que iriam enfrentar problemas. Viram o jovem sussurrar algo no ouvido de Santi. O agente imediatamente se enrijeceu, sua expressão mudou de surpresa para raiva.

– Vocês mentiram pra mim! – Santiago quase gritou. – Como foi que ficaram sabendo do Colecionador de Asas?

Ao ouvir aquele nome, D'joy engoliu em seco. A raiva de Santiago só parecia aumentar e ele praticamente os acusou de roubo de evidência.

– Pare com isso, Santi! Nós não sabíamos de Colecionador de Asas nenhum! – Érica tentou apaziguar os ânimos.

– Como não? O material que me forneceram tem o DNA dele! Duas forças tarefas da DIPM estão atrás desse maldito! Se vocês têm informações novas é melhor abrirem logo o bico.

Consternada, Érica fitou D'joy em busca de algum apoio. Como escapariam daquela situação sem contar a verdade? O elfo, porém, estava mais preocupado com o fato do tal Colecionador de Asas também ter agido no mundo humano.

– Quantas fadas ele matou? – perguntou num tom sombrio.

– Encontramos a décima vítima faz uma semana.

As pequenas mãos verdes se fecharam, trêmulas. Mais dez vítimas! Que espécie de monstro era aquele? Quando o pegasse, iria fazê-lo pagar por todas aquelas atrocidades.

– Quem é ele, Santi? Preciso saber o nome! – exigiu.

Mesmo com o temperamento explosivo, Santiago nunca foi bobo. Ao perceber o descontrole do normalmente calmo D'joy, soube que aquele caso era quase pessoal para o elfo. E aquilo só podia significar que o assassino o insultara de maneira imperdoável. Outros crimes pesados já ocorreram ao longo dos anos, mas nenhum deles causara tanta comoção no baixinho a ponto de fazê-lo deixar o Santuário. O que o Colecionador de Asas tinha de diferente? Foi então que a resposta o assaltou como um soco. Fitou a ex-parceira, que tão bem sabia ler, e esperou pela confirmação em seus olhos.

– Ele conseguiu entrar no Santuário, não é?

Érica suspirou, sabendo que não havia mais como mentir. Só esperava que Santiago fosse capaz de entender a gravidade da situação e o que poderia acontecer se aquela informação acabasse chegando aos seus superiores.

Sem pensar duas vezes, D'joy pulou sobre o agente Leonardo e o deixou inconsciente com apenas um toque em sua testa. O cientista caiu, derrubando os diversos papéis que trazia nas mãos.

– Meu Deus! O que você está fazendo? – Santiago se preparou para reagir, mas Érica foi mais rápida e o derrubou com uma rasteira.

– Acho melhor você não tentar nada tolo – disse, e sacou a pistola.

Mesmo a contragosto, Santigado entregou o revolver e se deixou ser algemado.

– Você é mesmo uma traidora, Érica! – disse com rancor.

Ela sentiu uma vontade imensa de socá-lo, mas D'joy se adiantou e tornou seu desejo realidade. O tapa que acertou no rosto de Santi não foi forte, mas deixou bem claro que a paciência do elfo havia terminado.

– Escuta, Santiago, eu sei que és um bom garoto. Sinto muito e garanto que vou tentar te manter são.

D'joy segurou a cabeça do agente entre as mãos e um forte brilho tomou conta do laboratório. Ao ver o corpo do ex-parceiro se contorcer, numa tentativa vã de resistência, Érica deixou a sala. Tinha sido por aquele tipo de situação que abandonara sua promissora carreira na divisão.

Depois de alguns minutos tensos, o elfo saiu do laboratório. O rosto estava impassível, mas os olhos violetas brilhavam com um novo tipo de fúria. Érica teve medo de saber o que ele havia descoberto nas memórias de Santiago.

– Santi ficará bem. Além de uma dor de cabeça terrível, não terá outro efeito colateral. D'joy tentou dar um tom neutro às suas palavras, mas no fundo havia um tremor incontrolável. Por fim, indicou que deveriam sair logo da DIPM antes que alguém descobrisse o que acontecera no laboratório. Entraram no elevador e um silêncio desconfortável se interpôs entre eles.

– D, o que você viu? Descobriu quem é o Colecionador de Asas?

O elfo anuiu, seu rosto fechado. Como se despertasse de um transe, fitou sua pupila e despejou a verdade que tanto o abalara.

– Ele era um antigo *ryaat*, Érica. Eu o treinei para ser um agente da DIPM, muito tempo atrás.

A mulher prendeu a respiração, percebendo a gravidade da situação.

– Ele ainda trabalha aqui? Talvez eu o conheça!

– Não mais. Foi expulso antes da tua efetivação. – D'joy coçou a orelha pontuda, refletindo sobre o que deveria fazer. – Mas ele sabe como o departamento funciona, conhece nossos segredos como ninguém. É um inimigo terrível e agora entendo suas motivações.

– O que quer dizer, D? Quem é ele?

– Ele deixou migalhas, sabendo que eu iria segui-las. Foi tudo um plano para me atrair para cá. É algo pessoal, um acerto de contas. Como não percebi isso antes?

A porta do elevador se abriu e eles caminharam apressados para fora do prédio. Ao entrarem no carro, Érica segurou o volante com força.

– Qual o nome dele? Nós podemos rastreá-lo, achar sua casa...

– Não, tentar rastreá-lo por meios tradicionais será inútil. Nem mesmo a DIPM conseguiu. – D'joy trançou os dedos e os apertou. Depois de alguns instantes refletindo, seu rosto pareceu se iluminar. Ordenou que a companheira desse a partida.

– Para onde vamos? Tem alguma pista?

O elfo anuiu com convicção.

– Nas memórias de Santi, vi detalhes que passariam despercebidos para qualquer outro, mas não para mim. Agora tenho certeza de que o Colecionador de Asas me espera. Sei onde encontrá-lo.

Chegaram na zona portuária da cidade junto com o nascer do sol. D'joy saiu do carro e fitou o céu colorido com um olhar saudoso. Como era costume entre os seres mágicos, levou a mão esquerda ao peito e proferiu uma oração curta, sinal respeitoso para aquela tão importante manifestação da natureza. Érica o observou encostada no capô do carro.

– Tem certeza de que ele está aqui? – perguntou.

– Sim. – D'joy observou o galpão. – Este foi o local em que encontrei Julio pela primeira vez. Salvei sua vida e o recrutei aqui, faz todo o sentido que nosso encontro final ocorra onde tudo começou. É isso que ele deseja.

Deu alguns passos em direção ao galpão, mas a presença de Érica em seu encalço o fez parar.

– Fica aqui fora, *ryaat*. Não quero que te envolvas neste confronto.

– É claro que eu vou com você, D – ela protestou. – Não posso permitir que enfrente esse maluco sozinho.

– Tu não vais! – A voz do elfo soou diferente, como se suas palavras possuíssem um eco. Érica estancou no mesmo instante, incapaz de se mover. – Não te intrometas.

Sem que pudesse fazer algo para impedir, a mulher observou seu tutor entrar na construção abandonada. Mordeu o lábio inferior, todos os seus instintos de investigadora gritavam que D'joy estava caindo numa terrível armadilha.

Do lado de dentro, o elfo também sentia que agia de maneira arriscada, mas a fúria o fez prosseguir. Apesar do dia ter amanhecido, o interior do galpão continuava escuro. As várias vigas que se erguiam pelo local assemelhavam-se a um esqueleto metálico, o som de goteiras ecoava de maneira lúgubre e o piso molhado encontrava-se escorregadio.

De repente, uma luz forte foi ligada e o cegou. Quando se recuperou, avistou um homem sentado numa cadeira de madeira bem no centro do lugar. Um refletor iluminava as feições sujas, o rosto barbudo e as roupas camufladas no estilo militar. Ele abriu um sorriso convidativo e acariciou a cabeça da fada de olhar malicioso sentada em seu colo.

– Ele demorou, mas encontrou nossa pista, Riall'a – Julio falou num tom irônico.

D'joy focou sua atenção na inesperada presença de outro ser mágico. A fada Riall'a tinha a pele dourada, cabelos avermelhados e olhos escuros. Não havia dúvidas de que era a traidora que tinha aberto as defesas do Santuário para Julio, mas por quê? Que motivo teria para trair seu povo?

– Está tentando entender minha aliada, D? – As mão de Julio pousaram nos pequenos ombros da fada. Trocaram um beijo que encheu D'joy de horror. – Devemos contar para ele, querida?

– Que absurdo é esse, Julio? O que fez com essa pobre mulher?

A fada afastou os cabelos para trás e desceu do colo do homem. Aproximou-se de D'joy, fitando-o com superioridade. Sentindo-se acuado, ele se preparou para usar magia. As mãos brilharam de maneira suave.

– Como és tolo, velho – A voz dela era como uma melodia triste. – Julio não me obrigou a nada, estamos nisso juntos. Vamos mudar esse mundo podre que os anciões e os governantes humanos construíram.

Ele registrou as palavras revoltosas com asco. Que espécie de mudanças aquela dupla sinistra planejava? Sentiu um gosto amargo na boca ao se dar conta de que os assassinatos eram apenas o começo.

– Seus covardes! – Extravasou sua raiva. – Nada justifica a morte daquelas fadas!

– Elas foram sacrifícios para um bem maior. – Riall'a

explicou com frieza. – Precisávamos de suas asas.

A mente de D'joy trabalhava de maneira incansável. Buscou em sua memória encantamentos que necessitassem de asas de fada, mas não conseguiu lembrar de nenhum. No entanto, em meio aos pensamentos agitados, recordou de um pequeno trecho das escrituras antigas que abordavam a criação do Santuário. A fortaleza do povo mágico resistirá ao tempo e aos ataques, caindo somente quando o sangue e a sabedoria de seus moradores assim o desejarem.

– Vocês pretendem destruir o Santuário! – A descoberta não podia deixá-lo mais chocado.

As risadas de Julio ecoaram pelo galpão enquanto se aproximava da companheira de crime.

– Eu disse que ele era esperto, Ri. – Parecia satisfeito com a capacidade investigativa de seu antigo mestre. – Seu corpo vai ser perfeito para a última parte do ritual.

Esforçando-se para ignorar o futuro macabro que lhe aguardava, o elfo fitou Riall'a com um olhar duro. Sua indignação pelo envolvimento da fada naquela sordidez era quase palpável.

– Eu não ligo para teus julgamentos, D'joy – ela respondeu. – Não és um dos banidos, nunca vais entender nosso sofrimento.

Então era aquele o motivo? Riall'a não passava de uma fada ressentida por ter sua entrada para o Santuário negada?

– Nunca imaginei que fosses tão mesquinha! – bradou o elfo.

– Não há nada de mesquinho em meus planos. O Santuário é um malefício ao nosso povo, só está nos enfraquecendo e dividindo. Banidos e privilegiados, os seres mágicos já não são uma unidade. Isso deve mudar!

– Os banidos deram motivos para a expulsão – D'joy retrucou. Os olhos violetas passearam pelos arredores e se fixaram em Julio. A conversa logo terminaria e daria lugar à luta. Precisava de toda a atenção para vencer os dois inimigos. – Não respeitaram as leis do povo mágico, foram corrompidos pela cobiça humana!

– Lá vem você com essa conversa sobre a mesquinharia humana. – Julio demonstrou irritação. – Quero saber onde estava o grande D'joy quando o departamento me demitiu. Onde você estava quando perdi minha casa, minha mulher e tudo o que havia conquistado?

O ex-agente retirou o revólver da calça e o apontou para o elfo. Seus olhos brilhavam com lágrimas que se recusavam a cair.

– Agiste contra tuas ordens, o desligamento da DIPM foi acertado – respondeu o tutor, desgostoso.

– Eu salvei aquela garotinha! – Julio gritou. – Ignorei meus superiores, mas salvei a menina. Salvei!

– E os pais dela se foram por tua atitude impensada. Sempre temi por tua impulsividade. Como me arrependo de ter te chamado de *ryaat*.

As palavras duras foram o suficiente para que o humano perdesse o último resquício de controle. Com um grito torturado, apertou o gatilho. Prevendo aquela reação, o elfo se jogou no chão, rolado de lado. Escondeu-se atrás de uma coluna de ferro e um formigamento conhecido tomou seu corpo, as mãos brilharam com a magia que implorava para se libertar. Em meio a mais tiros, concentrou-se na fada. Sabia que deveria derrubá-la primeiro.

Quando localizou Riall'a, fechou os olhos e fez seu corpo se desmaterializar. Apareceu bem ao lado dela, num forte piscar de luz. As mãos estendidas, prontas para lançar raios paralisantes na inimiga. Ela, porém, não se deixou surpreender. Assim que D'joy teleportou, recebeu um impacto forte no peito que o arrastou vários metros pelo chão. Sem ar e sentindo uma dor intensa no local do golpe, ele não conseguiu se reerguer.

Batendo as asas com suavidade, Riall'a se aproximou da figura caída. Foi com resignação que o elfo fitou o buraco em suas roupas e a pele queimada. Havia caído na armadilha como um verdadeiro tolo. Desde o início, ela queria que ele a atacasse sem pensar nas consequências. Ficou irritado, pois agira como um cadete inexperiente e agora pagaria o preço. Viu Julio parar ao lado da companheira e sorrir, vitorioso.

– Nós só precisamos do seu corpo, D. – O cano do revólver foi apontado para sua cabeça. – Mesmo morto, você será figura fundamental no ritual que derrubará o Santuári.

O elfo fechou os olhos quando o tiro ecoou pelo galpão. No entanto, foi Julio quem caiu no chão com um buraco sangrento no meio da testa. Riall'a arregalou os belos olhos, surpresa com o ataque inesperado, e D'joy fez um esforço para se virar e acompanhar seu olhar. Mais além, avistaram a figura ofegante de Érica, ainda com a pistola fumegante em riste.

– Fique onde está – ela gritou para a fada, como uma perfeita agente da DIPM. – Não pense em usar magia, estou protegida por amuletos e pelo tratado entre nossos povos.

Riall'a comprimiu os lábios e hesitou. Aquilo, foi o suficiente para D'joy buscar forças e atingi-la. Ela soltou um gritinho agudo e despencou no chão úmido, suas asas chamuscadas e a pele escurecida pelo encanto. Sem perder tempo e seguindo seu treinamento, Érica correu até a fada e colocou um colar inibidor em seu pescoço. Só depois de algemar suas mãos e pernas que foi ver o velho amigo.

– Como escapaste do meu encanto? – ele perguntou em meio a tosses secas.

Érica forçou um sorriso e, com cuidado, ajudou-o a levantar.

– Não sou mais uma cadete boba, D. Tenho minhas técnicas para escapar de um elfo cabeça-dura.

Ele deu uma risada, o que só agravou a dor que se espalhava por seu peito queimado. Apoiando-se na amiga, conseguiu caminhar até o corpo inerte de Julio. Sentiu-se culpado, pois o antigo pupilo tinha razão em acusá-lo de abandono. Havia deixado que sua decepção virasse rancor e seu afastamento acabou piorando e muito o comportamento agressivo do rapaz.

– Perdão – falou com honestidade, mesmo sabendo

que era tarde demais para se arrepender.

Quando pararam em frente à fada, perceberam que havia algo errado. O corpo dela estava repleto de rachaduras, a pele seca e farelenta. Érica franziu o cenho e tocou-a com a ponta da pistola. No mesmo instante, Riall'a se desfez em pó. As algemas e o colar tilintaram no chão.

– Ela conseguiu escapar – D'joy falou em um tom fúnebre.

– Eu coloquei o colar repressor nela, como isso é possível?

O elfo sentiu-se imensamente cansado. Pelo jeito, o caso do Colecionador de Asas estava longe de acabar.

– Érica, vou precisar que te desligue do teu atual emprego – disse, e encarou a pupila com seriedade. – Só confio em ti para me ajudar a capturar essa traidora.

A humana desviou o olhar. Retornar à DIPM seria reviver todos os conflitos e problemas que a fizeram abandonar aquele lugar. Estaria preparada para uma nova tentativa? Sentiu a mão de D'joy em seu braço, o aperto firme que exigia uma resposta. Ao voltar a fitar aqueles olhos violetas, viu o desespero que tomava conta do amigo. Ainda não sabia os motivos do envolvimento daquela fada, mas já percebia que Julio era apenas um joguete num plano bem maior. Sentiu um calafrio. Foi aquele terrível pressentimento que a fez tomar sua decisão.

– Estarei com você, D. Nós vamos encontrar essa fugitiva.

– Espero que estejas certa, *ryaat* – ele respondeu,

levando a mão ao peito ferido. Parecia ter envelhecido alguns anos depois daquele confronto. – A segurança do Santuário depende do sucesso desta missão.

O que os gatos
dizem

Mary C. Müller

Mary é uma garota estranha que gosta de coisas esquisitas e nunca tentou comer aipo. É designer gráfica especializada em projetos editoriais e mora em Belo Horizonte com o seu noivo e uma gata caolha que ouve hip hop. Tem um livro infantil chamado "Eu Queria Ser um Dinossauro" e seu conto "102A" foi publicado em 2014 em uma coletânea organizada por Jim Anotsu e Carol Christo.

My cat is amazing
He can play the guitar
He may not be an actor
But he's a pussy superstar
– My cat (Jack off Jill)

Bea já estava em seu pijama de ratinhos quando ouviu o grito vindo da janela. Um "psiu", um sibilado e um miado agudo. "Gatos", pensou ela, ignorando o segundo "psiu" e retirando a meia dúzia de bichinhos de pelúcia de cima da cama. Sentou em um banquinho e começou a trançar o longo cabelo cacheado, do jeito que a mãe lhe ensinara. "Para não amanhecer emaranhado", ela costumava dizer, e então arrumavam o cabelo juntas antes de dormir. Já fazia um ano agora, desde a última vez que vira a mãe. Sentia falta dela, da sua voz, do seu cheiro e de ouvir que ela era uma versão pequena de Aline: a mesma pele morena e os mesmos olhos redondos e brilhantes. Mas sua mãe havia partido, dizia o seu pai. E virara uma estrela no céu.

Beatriz já tinha idade suficiente para saber que pessoas não viravam estrelas depois de mortas, mas não sabia onde a mãe realmente estava, nem para onde iam as pessoas que partiam desse mundo. Alguns diziam que voltavam à vida, outros diziam que nada acontecia, e outros ainda falavam que havia um céu. Um mundo mais feliz para onde todos iam ao morrer. Não sabia qual das histórias era verdadeira, mas sabia que só teria certeza quando ela mesma partisse.

Levantou-se, bocejando e foi até a janela fechar a cortina verde. O quarto inteiro era decorado com aquela cor e com desenhos de animais. As outras meninas diziam que aquilo era coisa de criancinha, mas se ela gostava, qual era o problema? Antes de fechar a cortina, apoiou os cotovelos no parapeito e olhou para o céu estrelado, se perguntando se a mãe realmente estava lá em cima em meio a todos aqueles pontinhos brilhantes. Foi então que um movimento na rua chamou sua atenção. Uma figura branca correndo pela calçada. Seu quarto era no segundo andar e dali de cima não conseguia ver muito bem. Ficou na ponta dos pés esperando o objeto voltar a se mover. Nesse momento, o vulto subiu no muro em um salto e Beatriz pode ver um grande gato tricolor. Ele ficou ali sentado, encarando-a com apenas um dos olhos abertos.

Bea sempre gostara de qualquer bicho, mas nunca pode ter um gato, já que a mãe era muito alérgica. Ficou olhando o animal de volta, se perguntando se ela a deixaria acariciá-lo.

Então ouviu novamente o mesmo "psiu" de antes. Beatriz abriu a janela, procurando a origem do som e deixando a brisa fresca entrar. "Aqui!", ela ouviu a voz cochichar. Continuava sem ver ninguém. Olhava de um lado para o outro e de cima a baixo na rua. "Ei! Aqui". Nada ainda. Não havia ninguém ali, apenas o gato maltrapilho sobre o muro, que se colocou nas patas traseiras e disse em alto bom tom:

– Sou eu garotinha! Aqui em baixo! Não está vendo?

Beatriz fechou as cortinas em disparada com um tremor percorrendo todo o seu corpo. Se agachou abaixo da janela e agarrou o primeiro ursinho que viu. Era o gato! O gato havia falado com ela! Mas isso não podia ser verdade, já aprendera na escola que só gente podia falar. E papagaios apenas imitavam. Apurou os ouvidos, com medo de se mexer e o bicho subir até ali e atacá-la. Pouco tempo depois, o animal voltou a chamar.

– Volte aqui menina! Preciso da sua ajuda! Se não fosse urgente eu não estaria pedindo a um humano.

Pedindo a um humano? Beatriz se levantou, obstinada e enfiou a cabeça pela janela, encarando o animal que lhe fitava de volta. Um dos olhos não estava fechado, mas sim, sequer existia.

– Você age como se falar com humanos fosse opcional! – ela acusou quase em um cochicho, para não chamar a atenção de seu pai.

O animal ficou ali, parado e tão expressivo quanto um gato podia ser. Mas caso a interpretação da menina fosse certeira, sua cara era de que, sim, falar com humanos era opcional e isso era tão óbvio quanto chocolate ser gostoso.

Bea ficou observando, ainda um tanto assustada, enquanto o bicho entrava em seu quintal calmamente, como se fosse dono de todas as coisas até onde pudesse enxergar. Com um salto, pulou nas trepadeiras que circundavam o muro e subiu até a garota, ficando com o rosto redondo e gordo a poucos centímetros dela.

A menina ficou ali, reparando no quão sujo ele era

e sem conseguir parar de encarar o buraco onde o olho esquerdo deveria estar.

– Não precisa ter medo, menina. Eu só mordo quando fecho a boca.

Beatriz se afastou alguns passos ao ouvir aquilo, repentinamente com medo de levar uma mordida, pegar uma infecção e perder o braço.

O gato começou a rir com os bigodes balançando. Foi então que ele se sentou igual gente no parapeito da janela, cruzando as patas de trás como se fossem pernas.

– Por que você está falando comigo? – Bea perguntou.

– Porque eu não tenho opção. Meu amigo está em perigo e preciso de alguém com polegares opositores para salvá-lo.

– Polegares o que?

– Opositores, menina. Opositores! – E tocou com a pata no dedão da garota. – Se nós gatos tivéssemos polegares como os seus, quem você acha que dominaria o mundo?

Beatriz não respondeu, mas pensou que todas as lendas sobre gatos se acharem superiores eram afinal, verdadeiras. Não soube discernir se a voz que vinha do animal era feminina ou masculina, mas já ouvira falar que gatos com três cores sempre seriam fêmeas. Resolveu acreditar nisso e não olhar a traseira do gato, achando que isso seria bastante rude.

– Est.. está bem – ela gaguejou, sem saber muito bem o que deveria fazer naquela situação. Ninguém acorda um dia pensando como reagir caso um gato lhe peça ajuda para salvar alguém. – De que você precisa?

O gato ficou nas quatro patas, andando de um lado para outro.

– Um grande amigo está em apuros e não temos como ajudá-lo, pois somos pequenos e sem polegares – ele disse. – Só um humano pode ajudar. Mas pra isso, você terá que vir comigo.

Beatriz fitou o gato com um olhar desconfiado. Primeiro descobria que gatos falavam, e agora um deles precisava de sua ajuda. Parecia uma tarefa importante demais para ser ignorada. Mas será que podia mesmo confiar no animal?

– Por favor! – o gato implorou, parecendo realmente honesto.

– Tudo bem, então – ela disse. – Eu vou com você. Qual é o seu nome?

– Eu não tenho um nome. Nomes são estúpidos. Mas pode me chamar de Calico.

Beatriz virou-se para sua parede repleta de pôsteres. Um deles mostrava padrões de pelos de gato, e calico era o nome que se dava a gatos tricolores como aquele.

– Isso não é um nome – ela respondeu – é só sua cor.

– E daí? Você pediu um nome, use este. Você, eu chamarei simplesmente de, de, de...

– Eu tenho um nome e é Beatriz. Mas, se achar grande, me chame de Bea. Se não for assim, não vou ajudar você e o seu amigo.

– Rá! – fez o gato, repuxando os bigodes. – Ótimo! Agora ponha algo nessas suas enormes patas traseiras para não machucá-las e vamos andando.

Beatriz devolveu o "rá" e fechou a cortina na cara do animal enquanto se vestia e considerava o que estava fazendo. Sabia que não era a melhor ideia possível, mas como poderia recusar uma aventura daquelas? Nunca vira ninguém que havia conversado com um gato, muito menos ajudado um. Sentia que era algo importante e engrandecedor, e sua mãe ficaria orgulhosa por ela ajudar o pobre animal.

– Onde estamos indo? – ela perguntou, abrindo a janela para encontrar o gato de pernas abertas e lambendo a barriga.

– Nunch mumf fum fa – ele disse, sem parar de se lamber e com a boca cheia de pelos.

– Na minha linguagem, por favor.

– Eu disse que vamos no bueiro.

Bea soltou um esgar de nojo.

– O bueiro!

– Não! O Bueiro! Com letra maiúscula! É onde os gatos vivem. Vamos, encontro você na calçada. Se apresse.

Beatriz saiu de casa desgostosa com a má-criação de Calico, apesar de ter aceitado ajudar seu amigo gato. Só iria seguir em frente pois era uma garota de palavra e não voltava atrás quando uma decisão havia sido tomada. Andou pé ante pé nas escadas de madeira para não fazer barulho. Pegou as chaves de seu pai da bancada e saiu de casa, sentindo o ar fresco da noite arrepiar seus cabelos.

Calico a esperava na calçada, balançando o rabo impacientemente. "Vamos, vamos, vamos!", ele gritou e disparou rua abaixo.

– Espere! – gritou Bea, e partiu atrás do bicho que corria pela calçada.

A cidade estava vazia naquela hora. Era um lugarzinho pequeno e pouco habitado. A maioria dos moradores eram muito mais velhos, e muitas das casas ficavam vazias até o verão, quando eram alugadas por jovens e casais de férias. Correram por alguns minutos até que o gato parou em frente um grande muro de concreto. Beatriz se apoiou na parede para recuperar o fôlego enquanto o gato a olhava com desdém.

– Pare de rir de mim ou não ajudo mais – ela disse com convicção.

– Não estou rindo, apenas reparando na sua falta de fôlego.

– Eu sou só uma criança!

– Pois então deveria ter ainda mais fôlego! – ele respondeu, andando mais alguns passos e parando em frente a um círculo de metal que lembrava os bueiros que ficavam nas pistas de asfalto, só que este era na parede. Nunca havia reparado naquilo, mesmo passando por ali todos os dias para ir à escola.

– É aqui? – ela perguntou.

Ele se limitou a encaixar a pata bem no centro do círculo de metal, que imediatamente deslizou para o lado, abrindo uma passagem.

– Vamos logo – disse o gato. – Meu amigo está esperando.

Bea ficou ali olhando para a abertura, imaginando que talvez o gato apenas a estivesse levando para servir de comida para seus companheiros. Já vira na televisão que um tipo de felino imitava choros de bebê macaco para atrair outros macacos e comê-los. Talvez ela fosse apenas um grande e apetitoso prato de carne humana.

– Como vou saber se posso confiar em você?

– Não vai – ele respondeu, pulando no buraco.

Beatriz respirou fundo e foi atrás, adentrando em um mundo de breu e silêncio, ouvindo apenas o bueiro deslizar de volta para seu devido lugar. Seus pés tocaram algo macio e sentiu cheiro de grama recém-molhada. Não era fedido e úmido como achara que seria, mas ainda não podia ver nada.

Esticou as mãos para frente com medo de esbarrar em algo e se machucar.

– Calico? – ela chamou, temerosa de que aquele fosse o momento em que seria devorada por centenas de gatos sarnentos.

– Aqui em baixo.

– Não consigo ver nada.

– É claro que não. Você é humana, não pode ver o mundo dos gatos.

Sentiu-se extremamente irritada ao ouvir aquilo. Como pudera ser arrastada daquele jeito para um lugar que não podia ver?

– Calma, menina, eu não ia trazer você aqui se não houvesse uma solução.

Bea prestou atenção nos sons, ouvindo o barulho de patinhas se movendo e algo se abrindo.

– Há muito tempo atrás, nós éramos aliados dos humanos – Calico começou – Há muitos e muitos anos. E pouco depois, na Idade Média, tivemos amigos humanos também, mas já faz um tempo que desistimos de nos aliar a vocês. Principalmente neste século, com tantos celulares e câmeras. Pffff! – fez ele. – Alguns de vocês adoram gravar gatos para colocar na internet. Imagina então se falássemos! Não podem ser confiados. Hã-hã!

Parecia falar sozinho, mas a menina ficou quieta, morrendo de curiosidade para saber mais. Bea se perguntou se esses aliados humanos da antiguidade eram os egípcios.

– Aqui em baixo! – disse o gato novamente, passando por suas pernas.

Beatriz se abaixou e algo foi posto em sua mão. Parecia um pedaço de carvão.

– Você não pode ver nada aqui, pois não foi lhe dada a visão dos aliados dos gatos – ele disse. – Mas você pode tê-la temporariamente, desenhando o Olho de Hórus na sua testa, onde fica o seu terceiro olho.

– Eu não tenho um terceiro olho.

– Claro que tem. Agora, você precisa desenhar o olho você mesma. Eu não tenho polegares. E vê se não quebra esse giz, ele é muito antigo e especial.

– Não vou quebrar nada!

– Humpf!

A verdade era que Beatriz não se lembrava como era um olho de Hórus, mas não queria admitir isso para o gato sabichão. Queria provar que podia ser uma aliada tão boa quanto os de antigamente, e seria vergonhoso se ela não soubesse. Buscou na sua memória de livros, revistas e filmes e treinou no ar algumas vezes. Desenhar na testa seria mais difícil, mas encostou o pedaço de giz e o fez.

Assim que tirou a mão da testa, uma explosão de luz invadiu sua visão. Deu vários passos para trás e escondeu o rosto com os braços, atordoada com a claridade repentina.

– Bem vinda ao Bueiro – disse Calico, com a voz animada.

Quando Beatriz abriu os olhos, o fez para um universo completamente novo, conhecido por apenas alguns poucos privilegiados.

Estava no que parecia ser as ruínas de um castelo de pedras, coberto por musgo e plantas e raízes que se emaranhavam por todos os lados. Era dia e a luz de um céu azul puro iluminava tudo a sua volta. Olhou para os pés que pisavam em grama molhada e macia, sentindo que estava em um lugar especial e se perguntando se alguém já pisara ali antes como ela.

A ruína parecia pequena para ela, como se fosse uma gigante casa de bonecas, com entradas e janelas redondas, postes de arranhar já completamente gastos e plataformas na parede que um dia serviram para que os gatos fossem de um aposento a outro sem precisar tocar o chão.

Gato e humana andaram para fora do castelo, chegando a uma cidade em miniatura, com milhares de casinhas de pedra e madeira. Ficou embasbacada com o piso de tijolos perfeitamente encaixados, com as janelinhas e portinholas, e com a praça com uma fonte e passarinhos que podia ver dali. Lembrou-se da cidade em miniatura de Gramado que visitara com os pais poucos anos antes. Sorria de orelha em orelha, maravilhada.

Andando pelas ruas, fitando-a com olhares desconfiados, estavam vários gatos de todas as cores e tamanhos. Amarelos e cinzas e pretos e gordos e magros. Alguns se lambiam despreocupados. Alguns filhotes corriam, brincando atrás de bolas e se pendurando em postes de arranhar e em árvores. Gatos de chapéu, gravata borboleta, laços, colete e colares. Alguns arrastavam carrinhos com bolas, guizos e sachês de ração úmida. Um deles, Beatriz podia jurar, usava um moicano.

Cataventos giravam no telhado de cada casinha e todos juntos emitiam um zumbido agradável ao vento. Uma borboleta foi capturada no ar por um filhote e engolida de uma vez só. A cidade era contornada por um extenso campo verde e, ao longe, a menina podia ver algumas plantações.

De uma das casas veio uma gata velha de pelos bagunçados, erguendo o queixo para eles como quem diz oi.

– A garota não parece muito fortinha, colega. – disse a gata preta, com pelos grisalhos espalhados pelo corpo frágil.

– Rá! – fez Calico – foi a única que aceitou ajudar. Algum outro gato voltou com humanos? Pois não me parece.

– Não, mais ninguém veio – ela respondeu, e cinco outros gatos se juntaram a eles.

– Ninguém me ouviu chamar – disse um deles.

– Acho que eles não conseguem mais ouvir a nossa voz – disse outro.

– Essa aqui foi a única que me ouviu chamar – disse Calico, se enroscando nas pernas de Beatriz. – E não temos mais muito tempo.

Bea perguntou do que eles estavam falando e por que precisavam da ajuda dela, mas eles a ignoraram e partiram em disparada rua abaixo. A eles, vários outros gatos se uniram e a garota foi atrás. Além da cidade, além da pracinha e para o meio de um bosque. E lá no meio havia uma cabana simpática, igual as que ela costumava ver em contos infantis. Muros de tijolinhos e telhado triangular, como um chalé. Um jardim bem cuidado e uma horta. E mais do que isso, era uma casa grande, com portas e janelas normais, como a dos humanos.

Os gatos pararam em volta da casa enquanto Calico e a gata preta entravam por uma portinhola ali instalada. Bea os seguiu, abrindo a porta pela maçaneta com seus polegares opositores.

Lá dentro parecia um museu, com várias coisinhas nas

paredes em estantes e em caixas de vidro. Mas era uma casa, com sala de estar e cozinha. E no sofá da casa, um humano, já muito velho, dormia. Calico subiu no peito do homem e lambeu seu rosto.

– Este é o Cícero – disse a gata preta. – Foi ele quem construiu O Bueiro.

Bea andou até o velho e, hesitante, colocou a mão em sua testa. Ficou com medo de que estivesse frio e morto, mas estava quente. Muito quente. Ela puxou a mão de volta.

– Está queimando de febre!

– Oh! – fizeram os gatos, como se estivessem genuinamente surpreendidos pelo conhecimento da garota.

– Mas o que precisamos fazer? – perguntou um dos bichanos.

– Ele precisa de remédios, mas como já está velhinho, precisa mesmo é ir a um médico!

– Oh! – fizeram os gatos novamente.

– Um veterinário! – exclamou um deles fazendo um esgar com suas presas.

– Não, um médico. De gente – ela corrigiu. – Mas como vamos levá-lo para fora daqui?

A gata preta reclamou, balançando o rabo, dizendo que era por isso mesmo que havia achado a menina muito fraquinha. "Nunca conseguiria carregá-lo na boca!" ela disse. "Se eu precisasse carregá-lo na boca", respondeu a menina irritada, "vocês deveriam ter chamado um cachorro, não um humano!"

– Rá! – fizeram todos os gatos.

Beatriz andou pela casa batendo os pés, procurando algo que pudesse usar para levar o velho dali.

– Ele não acorda de forma alguma? – ela perguntou.

– Não – chorou a gata preta –, já faz dois dias que está assim.

– E você disse que ele que construiu a cidade?

A gata fez que sim com a cabeça.

– Pois então – disse Beatriz – onde ele guarda os instrumentos que usa para construir?

Os gatos se entreolharam por alguns segundos, até que um deles mandou Beatriz o seguir. Saíram da casa e a contornaram, até chegarem a um segundo casebre. Lá dentro, Bea encontrou o que estava procurando. Um carrinho de mão. Teria de ser o suficiente. Os gatos corriam e subiam em tudo em volta dela e vários deles subiram no carrinho de mão enquanto ela o empurrava de volta para onde estava Cícero. Achou o quarto do homem para forrar o carrinho com alguns cobertores, e lá dentro, viu um porta-retratos, mostrando Cícero mais novo com uma mulher e uma criança. Ficou ali um tempo, contemplando a fotografia e se perguntando onde estava mulher e o menino, que deveria ter a mesma idade dela quando a fotografia fora tirada. Foi arrancada de seus pensamentos por um gato que surgiu na porta, apressando-lhe.

Voltou para sala, posicionou o homem como pode e

pediu que uma dúzia de gatos ficasse em volta do carrinho para que ele não tombasse na hora de virar Cícero para dentro. Teria de rolá-lo, pois não tinha forças para colocá-lo ali. Chamou alguns gatos, e com o máximo de cuidado possível, empurraram o homem para a caçamba acolchoada.

Todos respiraram aliviados ao ver que o carinho não tombara e que a posição que ele ficara parecia confortável o bastante. Bea o cobriu com um dos cobertores e, com toda a força de seus bracinhos, foi empurrando o carrinho vagarosamente pelo bosque e pela estradinha de pedras. Um novo senso de responsabilidade se apoderava dela, lhe dando forças para ir em frente. Sentia-se importante, ajudando alguém e sendo útil. Queria que sentissem orgulho dela e a reconhecessem como uma verdadeira aliada dos gatos. Adoraria poder voltar ali, mas admitiu que caso não pudesse, iria guardar para sempre aquela lembrança, mesmo quando já fosse tão velha quanto Cícero.

Quem sabe ela mesma não se mudaria para lá com sua família, para continuar a construir casinhas para gatos quando Cícero partisse. Poderia estudar engenharia e arquitetura e aprender a mexer em pregos e martelos.

Depois de uma longa caminhada, seus braços já estavam doloridos. Parou para descansar um pouco antes da parte mais difícil: entrar na ruína e conseguir tirar o homem do carrinho e colocá-lo na calçada do mundo dos humanos.

Todos os gatos ajudaram na tarefa. Alguns tiravam

galhos do caminho para que as rodas pudessem passar, outros removiam o mato. Um dos gatos ficava logo à frente, dando direções para a melhor passagem, sem buracos ou obstáculos.

Dentro das ruínas, os gatos formaram um túnel, guiando Bea com o carrinho até a porta do bueiro. Calico novamente apoiou a pata dianteira no centro do círculo, que se moveu para o lado, revelando a noite do mundo dos humanos. O animal caolho pulou sobre o peito de Cícero, olhando seriamente para a menina. Foi então que todos os gatos se curvaram em uma reverência.

– Estamos muito gratos pela sua ajuda, menina-da-rua-de-cima – disse Calico – Nós gatos nunca esqueceremos o que fez por nós. Assim que você sair do Bueiro, apague a marca em sua testa. Quando fizer isso, a entrada para nosso mundo irá desaparecer.

Os olhos de Beatriz se encheram de lágrimas. Ao mesmo tempo em que estava feliz e emocionada pelo agradecimento dos felinos, estava triste por precisar dizer adeus. Não iria discutir com os gatos sobre ter o direito ou não de voltar ali. Eles tinham seus motivos e ela mesma sabia o quanto os humanos podiam ser cruéis. Se algum dia descobrissem que os gatos tinham um mundo só deles e que podiam falar, a paz deles estaria comprometida. Já podia imaginar as experiências terríveis que fariam e os parques temáticos com cidades felinas.

Ela assentiu com a cabeça, deixando uma gorda lágrima escorrer pelo rosto. Agarrou Calico no colo e o abraçou contra a vontade do animal, que se debateu por alguns segundos antes de se acomodar. Pensou ter ouvido um ronronar, mas não falou nada para não ferir o orgulho inflado de Calico.

– O que eu faço quando estiver lá fora? Eu não tenho um telefone.

Um dos gatos veio em disparada até ela com um objeto da boca. Era uma carteira. O gato largou-a sobre Calico e Beatriz a pôs em um dos bolsos do casaco do homem.

– Tem um orelhão não muito longe daqui – disse um dos animais. – Ligue para a emergência e vá para casa. Nós cuidaremos do resto.

Sem conseguir parar de chorar. Beatriz tirou o homem do carrinho e o arrastou pelo buraco do bueiro. Os gatos ajudaram a empurrar e puxar, e assim que chegaram do lado de fora, correram em disparada para todos os lados, deixando a garota sozinha na noite. E então a porta do Bueiro se fechou.

Ficou ali parada, olhando para o pedaço de metal e para o velho caído ao chão. Molhou a manga da camisa com suas lágrimas, fechou os olhos e limpou a testa. Começou a soluçar audivelmente enquanto esfregava o carvão. Então, sem olhar para trás, procurou o orelhão e pediu ajuda para o pobre homem.

Beatriz acordou no outro dia com o pai lhe chamando e abrindo as janelas de forma barulhenta. Ela sentia cada pedacinho de seu corpo exausto pelo esforço da noite anterior e pela falta de sono. Se não fosse por aquilo, talvez tivesse achado que tudo não passara de um sonho.

Mas sabia que era verdade, e teve certeza ao se olhar no espelho do banheiro: o rosto estava manchado de preto. Tomou um banho e limpou todos os vestígios do giz mágico. Tomou seu café da manhã sem dizer palavra e, quando o pai perguntou o que estava errado, só disse que sentia saudades da mãe, sem levantar nenhuma suspeita.

A escola ficava perto de casa, e sempre ia até lá andando, acompanhada de outras crianças que faziam o mesmo caminho. Sua amiga Renata não parava de falar nem por um segundo enquanto andavam, mas tudo o que Beatriz conseguia fazer era olhar em volta, em busca de algum gato ou de um indício do mundo mágico que existia ali, escondido dos olhos humanos. Até achou ter visto um gato, mas era apenas uma sombra.

Quando passou pela calçada onde deixara o homem na noite anterior, reparou que tudo o que sobrara haviam sido suas cobertas. Beatriz sorriu abertamente ao ver aquilo. Mostrando todos os dentinhos brancos. Cícero estava a salvo, afinal! Ela fizera algo de bom. Sua mãe estaria orgulhosa, e se existia um mundo onde gatos viviam em casinhas e usavam gravata, por que não poderia também existir um céu? Ficou ali com seus pensamentos, sentindo um bem-estar em seu peito, quando resolveu dar uma última espiada para trás.

E lá, no grande muro de concreto, ao lado de um gato maltrapilho, havia um Bueiro de portas abertas. Assustada, passou a mão na testa, procurando vestígios de tinta mágica, mas não havia mais nada ali. A amiga ria dela enquanto Beatriz pegava um pequeno espelho da bolsa e fitava a testa, assustada. Nadinha de nada. E foi nesse momento que ouviu um "psiu".

Atrás ela, há poucos metros, estava Calico. Beatriz fingiu que ficava para trás para amarrar os calçados. O gato se aproximou dela com um salto ágil.

– Como está Cícero? – ela perguntou.

– Se recuperando – ele disse. – Reparamos que você ainda consegue ver O Bueiro.

A garota olhou para trás, onde estava a grande porta redonda de metal.

– Consigo sim.

O gato soltou um muxoxo e bocejou.

– Então está decidido – ele disse – Apareça hoje depois da aula para colher o catnip da plantação. Vai levar só alguns minutos, seu pai não vai perceber.

– Ora, mas você é um gato muito folgado!

O gato e a garota sorriram um para o outro, um mundo novo se abrindo mais uma vez diante dela. Um lugar onde ela podia ser ela mesma e realizar todos os seus sonhos. E para sempre, pelo resto de sua vida, Bea pôde ver a entrada do Bueiro e de muitos outros mundos.

E as portas estavam sempre abertas.

O Estranho da
Meia-noite

Lena Rodrigues

Lena Rodrigues nasceu e mora em Fortaleza, com sua mãe e um gatinho que resgatou da rua chamado Shion. Fez todos os tipos de trabalhos esquisitos de meio período antes de começar a graduação em Letras pela Universidade Federal do Ceará. Devoradora de livros, filmes, seriados e cupcakes, escreve por paixão desde que tinha 12 anos, de romance a ficção científica, com um carinho especial por aventuras fantásticas. "O estranho da meia-noite" é seu primeiro conto publicado.

Nós nascemos em maio de 1995,

Nayla três minutos antes de mim. "Gêmeas idênticas", foi o que sempre disseram, mas nunca fomos parecidas em nada.

Nayla gostava de cor-de-rosa, comida vegetariana, comédias românticas, Taylor Swift, vestidos, saltos altos, praia e Nicholas Sparks. Deixava o cabelo crescer até a cintura e o pintava de loiro. Gostava de festas e tinha mais amigos do que podia contar. Nunca esquecia o nome de ninguém. Garotos moviam montanhas por ela.

Eu, por outro lado, gostava de preto, pizza, filmes de terror, Daft Punk, camisetas de banda, coturnos, livrarias e Neil Gaiman. Cortava o cabelo acima dos ombros todo mês e o nunca pintava, exibindo com orgulho a cor alaranjada original. Gostava de shows de rock e de dubstep, e só tinha um amigo além da Nayla. Nunca me importei com ninguém. Garotos? Que garotos?

Mesmo sendo tão diferentes, nunca houve mágoa entre nós. Desentendimentos e discordâncias aconteciam o tempo todo, mas nunca houve um dia em que eu a odiei, ou odiei ser irmã dela e, em algum lugar dentro de mim, eu sabia que ela sentia o mesmo. E apesar das diferenças, nós estávamos sempre juntas.

Em maio de 2010, no nosso aniversário de 15 anos, Nayla cortou os pulsos e sangrou até morrer, sentada em seu quarto, usando seu vestido favorito e segurando uma foto nossa de quando éramos bem pequenas e ainda era impossível diferenciar uma da outra.

– Ayla? – Lucas enfiou a cabeça no meu campo de visão, um hábito que ele desenvolveu desde a morte da Nayla.

Bem, quando Nayla morreu, eu me desfiz. No começo, todo mundo pensou que eu faria a mesma coisa. Sempre que eu ficava quieta demais, alguém aparecia do nada na minha frente, puxava conversa, tentava descobrir se eu estava prestes a me matar também. Depois de um tempo, todo mundo ficou meio desapontado porque eu nem sequer tentei.

Lucas era um caso à parte. Ele estava feliz de verdade por eu ainda estar viva e, sempre que me pegava calada demais, pensando demais, ficava genuinamente preocupado.

Antes da morte de Nayla, Lucas era meu único amigo, e continua sendo meu único amigo agora. Ele também acha que eu não sei que tinha uma queda pela minha irmã.

– Fala – respondi, prestando atenção.

– Bem, falar tem sido basicamente tudo que eu tenho feito na última meia hora. Você ouviu alguma coisa do que eu disse?

– Não. Foi mal. O que era?

Ele suspirou, balançando a cabeça.

– Eu estava dizendo que seu aniversário está chegando.

– Oh. – Sabia que tinha um bom motivo pra eu não estar prestando atenção – É, isso acontece todos os anos.

– E que meus pais vão estar fora da cidade.

– Lucas...

– Talvez a gente pudesse fazer alguma coisa...

– Lucas...

– Qual é, Ayla. – Segurou minhas mãos – Você não pode sofrer pelo resto da eternidade.

– Eu não estou sofrendo...

– Então...

– Eu nunca gostei muito de aniversários. E agora não é simplesmente... Meu aniversário. Também é o aniversário de morte dela. Não tem porque ficar esfregando isso na cara dos meus pais. Eu não...

– Na minha casa. Eles nem vão saber.

– Mas eu nem sequer gosto de...

– Ayla, por ela. Você sabe como ela gostava de aniversários.

Sei? Fico pensando que eu não tenho mais certeza de nada que diz respeito à minha irmã. Minha irmã que vivia uma vida feliz, mas se matou no nosso aniversário. Minha irmã que nunca sequer me disse adeus. Quem era a minha irmã quando eu não estava olhando?

Todas essas coisas têm estado na minha cabeça desde que Nayla morreu, mas nunca compartilhei com ninguém. Não com meus pais, não com a minha terapeuta, e definitivamente não com o Lucas. A Nayla que existia na minha cabeça era só minha, eu não ia dividi-la com mais ninguém.

A Nayla que existia na minha cabeça falou "Diga que sim", com uma voz muito convincente. Depois de um longo silêncio, suspirei e concordei, e Lucas sorriu para mim.

– Você não vai se arrepender! – disse, sacudindo minhas mãos.

– Já estou arrependida – resmunguei. – Só você e eu? Bela festa.

– Vou chamar outras pessoas.

– Quem?

– Nossos amigos.

– Você é meu único amigo.

– Não seja má.

– Eu falo sério!

– Estou ignorando você.

– Lucas!

– Então, Cassandra... – Lucas parou ao lado da cadeira da garota que costumava ser a melhor amiga da minha irmã e começou a conversar com ela do nada. – O que você vai fazer na próxima sexta?

De onde eu venho, isso se chama suicídio social. Estávamos no intervalo entre a primeira e a segunda aula, e toda a turma do 3º ano B estava olhando diretamente para nós. E cochichando. Naquele momento eu queria ser invisível.

– Porque... – Lucas continuou, já que Cassandra não disse uma palavra sequer, só piscou os cílios mais longos do mundo na direção dele – Nós estávamos pensando em comemorar o aniversário das meninas. Da Ayla e da... Nayla. Eu sei que é só no sábado, mas meus pais vão viajar, então eu pensei que nós poderíamos fazer uma festa no meu apartamento...

– Você não tá falando sério, né? – ela finalmente falou, tão alto que toda a classe silenciou. – Isso é alguma brincadeira de mau gosto?

– Ah... – Lucas ficou transparente e moveu os olhos nervosamente na minha direção. Eu já conhecia aquele olhar. Era o mesmo de quando ele tentava conversar com Nayla.

– Você não precisa vir – eu disse, assumindo o controle. Por que eu concordei com aquilo mesmo? – Eu só quis te chamar porque você era a melhor amiga dela. Era pra ser... Algo que ela gostaria. Não importa, é estúpido de qualquer forma.

Então, Cassandra desviou os olhos do Lucas pra mim, como se não tivesse notado a minha existência até aquele momento. Ela piscou algumas vezes, como se estivesse tentando lembrar quem eu era, e então disse:

– Oh. Foi você... Foi você quem resolveu fazer isso?

– É – menti, categoricamente. Ou talvez nem tanto. "Boa, irmãzinha! Você pegou ela!" dizia a Nayla da minha cabeça. – Lucas vai organizar tudo pra mim, eu não sou boa com essas coisas...

– Ok, eu vou! – ela me interrompeu, sorrindo maravilhosamente, e então se virou para o Lucas e completou: – E vou te ajudar também. Você não pode convidar as pessoas assim. É meio bizarro, sabe?

Ergui as sobrancelhas, enquanto a classe mergulhava em um silêncio ainda mais profundo. Lucas e Cassandra estavam conversando. De repente, eu tinha entrado em algum universo paralelo sem perceber? Caminhei até o meu lugar no fundo da sala e quando me sentei, a Nayla da minha cabeça disse "Obrigada, irmãzinha. Obrigada mesmo".

Com a classe ainda em absoluto silêncio, o professor entrou e olhou em volta, surpreso.

– Isso é raro. Bem, que bom que já estão sentados e calados, porque eu tenho algo para anunciar. Hoje nós temos um aluno novo se juntando a nós.

A sala se encheu de ruído e agitação imediatamente. E quem poderia culpá-los? Numa escola particular, cara e extremamente seletiva como a nossa, um aluno novo em maio era tão alarmante quanto uma grávida em um convento.

– Pode entrar, David.

E o garoto que entrou parecia ter saído de uma das comédias românticas que minha irmã gostava de assistir: alto, atlético, cabelo escuro, ondulado, rebelde e meio longo, olhos amarelados como os de um gato, ar de indiferença, camiseta do Street Fighter e tênis Allstar. Se ele tivesse um skate, eu diria que tinha escapado da gravação de um videoclipe da Avril Lavigne.

"Ai, não!" disse Nayla na minha cabeça "Esse garoto é problema".

O problema é que dessa vez a voz dela soou alta e clara,

como se estivesse sentada ao meu lado, falando comigo.

Então, quatro coisas bizarras aconteceram: eu olhei em volta, arrepiada, procurando por ela. Ela não estava em lugar nenhum. É claro que não estava, Nayla estava morta. Percebi que o garoto novo estava olhando na minha direção, como se tivesse ouvido o comentário e estivesse procurando pela pessoa que falou aquilo; ele pousou os olhos em mim e sorriu, como se soubesse de algo que ninguém mais sabia. Ele piscou pra mim, fazendo os cabelos na minha nuca ficarem arrepiados.

– Sente onde preferir – disse o professor, já se preparando para começar a aula.

E aí o garoto novo veio caminhando na minha direção e sentou bem na minha frente. Na cadeira em que Nayla costumava sentar, até três anos atrás.

De repente, a sala ficou silenciosa de novo.

Quando o intervalo para o lanche finalmente começou, o silêncio estranho já tinha se dissipado e todos estavam fazendo perguntas ao garoto novo. Ele saiu da sala sem olhar na minha direção uma vez sequer, o que me deixou misteriosamente aliviada.

"Nada bom" disse a voz de Nayla na minha cabeça, bem baixinho, como se tivesse medo de ser ouvida. Ela ainda soava como se estivesse ao meu lado. Como se fosse real. E isso me dava calafrios.

Eu e Lucas lanchamos na sala de aula, como fizemos todos os dias por três anos. Ele rabiscava em um caderno, resmungando consigo mesmo sobre os detalhes da festa, enquanto eu tentava me convencer de que aquilo tudo era coisa da minha cabeça. Talvez eu precisasse mesmo de uma festa, um pouco de socialização, qualquer coisa que me fizesse parar de conversar com o fantasma da minha gêmea morta.

Eu estava na metade da minha fatia fria de pizza quando a porta da sala se abriu e ele estava de volta, seguido por todas as outras pessoas da classe, com olhares agitados no rosto. Dessa vez, ele olhava diretamente pra mim. De repente, eu não conseguia mais mastigar.

"Fuja!" pediu a voz de Nayla. Mas eu não podia fugir, porque alguma coisa no jeito como ele me olhava me deixava paralisada, e não do jeito romântico. Era como se ele visse o que havia dentro de mim, mais do que qualquer um deveria poder ver.

Ele caminhou na minha direção, mas não falou comigo. Ao invés disso, agarrou a mochila, sentou na cadeira à minha direita – Lucas sentava à esquerda, e tinha parado de rabiscar para assistir à situação – e começou a comer o cachorro quente que tinha comprado na cantina.

Houve um momento de silêncio pesado demais, longo demais, antes que ele dissesse:

– Desculpe por ter sentado na cadeira da sua irmã.

Uau, essa foi direta.

– Não é a cadeira da minha irmã.

Mais silêncio.

– Ouvi dizer que ela se matou.

Era só minha imaginação, ou ninguém estava

realmente respirando dentro da sala? Bom, eu não estava respirando.

Nayla dizia que eu usava uma máscara mais pesada que a dela, que eu vestia uma atitude de quem não se importa e ignorava o resto do mundo porque na verdade eu tinha muito medo de encarar as coisas. De encarar a mim mesma.

Acontece que Nayla estava absolutamente certa. Eu tinha mesmo muito medo. Tive medo por três anos do que eu faria se alguém me perguntasse sobre ela, escolhi até uma terapeuta que nunca me faria perguntas diretamente, e agora, meu castelo de cartas estava prestes a desmoronar. O que eu ia fazer? Responder? Fugir e chorar e finalmente ter o colapso que todo mundo esperava que eu tivesse?

Tudo que eu fiz foi acenar um sim com a cabeça.

– Sinto muito. Vocês eram idênticas?

Mas que droga, onde ele conseguiu meu dossiê?

– Geneticamente – eu consegui dizer, meio engasgada. Ele sorriu.

– Personalidades opostas? Aposto que se sente sozinha sem a sua outra metade.

As palavras me acertaram como um soco no estômago, mas eu não senti vontade de chorar, só de vomitar.

– Você não faz idéia – eu disse, baixinho, mas tive certeza que ele ouviu.

A Nayla na minha cabeça, assim como todos na classe, ficou misteriosamente silenciosa pelo resto da aula.

Ao último sinal, todo mundo parecia estranhamente desesperado para sair da sala, da escola, de perto de mim. Todo mundo menos o Lucas, a Cassandra e o garoto novo.

Enquanto eu caminhava pelo corredor abarrotado em direção à saída, observava as costas dele, caminhando um passo à minha frente. Seus ombros eram imensos. Sua camiseta tinha meu personagem favorito estampado nas costas. Ele também gostava daquele personagem? Eu queria perguntar.

Segurei ele pelo braço, e ele se virou para me olhar.

'Você gosta desse personagem?' era o que eu queria perguntar.

– Quer ir pra minha festa de aniversário na próxima sexta? – Foi o que eu disse.

Ele sorriu.

– Claro. Mas só se você parar de me chamar de garoto novo. Meu nome é David.

– Ok. Ayla. – Estendi a mão para ele, tentando não tremer.

– Eu sei. – Ele apertou minha mão, se virou e foi embora.

Atrás de mim, Lucas engasgava, pego de surpresa. Cassandra batia nas costas dele, e me dizia qualquer coisa sobre "mandar ver". Até a Nayla na minha cabeça começou a falar de repente, mas eu não estava prestando atenção.

Só tinha uma coisa na minha cabeça naquele momento: eu nunca o chamei de garoto novo em voz alta, então como diabos ele sabia?

De repente, meus dias foram preenchidos com preparativos para a tal festa. Balões, comidas, roupas, convidados... Lucas e Cassandra não paravam de me perguntar o que eu preferia e a Nayla na minha cabeça nunca parava de dar opiniões... A não ser quando David estava por perto. Nesses momentos, ela nunca falava nada.

Ela eventualmente parou de tentar me convencer de que ele era problema, ou tentar me fazer fugir. Em compensação, a cada dia que passava, a voz dela ficava mais alta, mais forte, mais real. Era quase como se ela estivesse viva outra vez.

Alheio a toda essa porcaria, David conversava comigo com a maior tranquilidade do mundo, o que era ao mesmo tempo refrescante e perturbador. Ele me perguntava sobre Nayla, sobre como era ter uma irmã gêmea, sobre como minha família ficou depois da morte dela... Coisas que ninguém nunca se atrevia a perguntar. E responder às perguntas dele me deixava leve e vulnerável ao mesmo tempo.

E assim, num piscar de olhos, a sexta-feira chegou.

Disse a meus pais que ia passar a noite na casa do Lucas numa sessão de estudos. Eu poderia ter dito que ia viajar de carro pelo país para assistir a um circuito de rodeios e eles teriam reagido da mesma forma. "Boa sorte. Não dê trabalho", foi o que me disseram.

Lucas providenciou bebida alcoólica porque, afinal, só se faz 18 anos uma vez. Cassandra escolheu um vestido lilás com uma imensa saia de tule pra mim, que ela mesma definiu como "Punk Rock" e "algo que sua irmã aprovaria". Nayla dava gritinhos de emoção na minha cabeça enquanto eu me arrumava.

A festa começou às sete. Todo mundo da nossa classe foi convidado e compareceu. Todos me deram presentes, sorriram de um jeito desconfortável, me cumprimentaram pela festa e se afastaram de mim o mais rápido possível. Bem, Nayla era a gêmea simpática.

Às nove, todo mundo já estava meio bêbado, incluindo eu mesma. A Nayla na minha cabeça estava tendo a maior diversão da vida dela, exceto pelo fato de estar morta. Por isso, quando ela de repente se calou, eu soube que ele tinha chegado.

– Ei, aniversariante – disse ele, se aproximando com um sorriso no rosto. – Você está linda.

Pela primeira vez na vida, eu me senti corar.

– Valeu. Você está meio atrasado.

– É, foi mal. – Ele endireitou o cabelo com as mãos, meio sem jeito. – É tarde demais pra uma dança?

Meu rosto esquentou enquanto ele me guiava para o meio da sala, onde outros casais dançavam agarradinhos uma música lenta que Nayla adorava. Nós dançamos em silêncio durante toda a música e quando a próxima, também lenta, começou, ele não me soltou.

– Você dança bem.

Ele deslizou os dedos pelas costas do meu vestido e me puxou mais para perto.

– Minha irmã me ensinou. – respondi, com garganta, boca e lábios secos, olhos ardendo, coração martelando meu peito, rosto pegando fogo e mãos geladas, tremendo.

Estar com ele me relaxava um pouco, mas sempre que eu me aproximava demais, uma sensação de angústia tomava conta de mim, e a pergunta voltava: como ele sabia que eu o chamava de garoto novo, se eu só o fazia dentro da minha cabeça? Quem era aquele garoto, afinal?

Às onze e meia, todo mundo já tinha ido embora. Bem, quase todo mundo. Lucas, Cassandra, David e eu ficamos limpando a bagunça deixada para trás. Eu tinha acabado de arrastar o último saco de lixo pra área de serviço quando Cassandra perguntou:

– E aí, querem curtir um pós-festa? – Ela disse 'querem', mas vasculhou a sala até pousar os olhos em mim. – Tem uma coisa que eu e Nayla sempre fazíamos depois das festas, quer tentar?

"Não!" respondeu Nayla de repente, em minha mente. "Ayla, você não pode! Diga que não!". Instintivamente, procurei o olhar de David. Ele me olhava, sério e intenso, como se visse através de mim.

– Claro – respondi. – Porque não?

– Ótimo! – Cassandra deu um gritinho – Ainda bem que eu trouxe tudo. Oh, isso vai ser divertido!

"Ayla, não! Você, faça ela parar!" a Nayla na minha cabeça gritou. 'Faça ela parar'? Com quem ela estava falando...? Olhei para David de novo e ele ainda me encarava, mas não parecia estar me vendo. Parecia estar vendo algo além...

Um calafrio me subiu pelas costas e eu me virei, procurando-a. Ela não estava lá. É claro que não estava. Ela estava morta. Então para onde ele estava olhando? Voltei a olhar para ele, pronta para perguntar.

– Ok, primeiro eu preciso explicar as regras! – Cassandra apareceu na minha frente e jogou algumas coisas nas minhas mãos. Ela fez o mesmo com os meninos, e começou a falar: – Entreguei para vocês um papel, uma vela, um isqueiro e um pote de sal grosso. Isso é tudo que nós precisamos para brincar de "O estranho da meia-noite".

Um arrepio levantou os cabelos da minha nuca, David ergueu as duas sobrancelhas e enrijeceu as costas, e Lucas ficou branco como um lençol.

– O jogo consiste em escrever nossos nomes nesses papéis, pingar uma gota de sangue na borda da página e deixar ensopar, e depois deixar os papéis nas portas da casa. Lucas fica com a porta da frente, eu fico com a entrada de serviço, David fica com a varanda da sala, Ayla fica com a varanda do quarto. Quando faltarem dez segundos pra meia-noite, nós acendemos as velas em cima dos papéis e batemos na porta 22 vezes. Precisa ser meia-noite quando dermos a última batida. Depois, abrimos as portas, apagamos as velas e fechamos as portas de novo. Com isso, o estranho da meia-noite vai estar dentro da casa. Depois, temos que reacender as velas imediatamente, e o jogo começa. Nós andamos pela casa com as portas e janelas fechadas, todas as luzes apagadas exceto pelas velas, e fazemos de tudo para evitar o estranho. O vento vai agitar a chama da vela. De onde o vento vem, é lá que ele está, então nós vamos para o lado oposto. Se a vela apagar, quer dizer que ele encontrou você. Você tem dez segundos para acendê-la de novo. Se não conseguir, faça um círculo de sal grosso ao seu redor e não saia de lá. Se não conseguir fazer o círculo a tempo, o estranho pega você, e te atormenta com os seus piores medos até as 3:33 da manhã, que é quando o jogo termina e ele vai embora. Quem conseguir evitá-lo sem entrar num círculo de sal grosso vence o jogo.

Aquela tinha sido a coisa mais estúpida que eu já tinha ouvido na vida. Por que eu concordei com aquilo?

Lá estava eu, batendo 22 vezes na porta da varanda, me sentindo a pessoa mais idiota do mundo. Na última batida, o alarme do celular da Cassandra avisou que era meia noite.

"Feliz aniversário, irmãzinha" disse a Nayla na minha cabeça, soando chorosa. "Eu sinto muito por isso".

Abri a porta, apaguei a vela e fechei a porta de novo. Senti de repente um medo indescritível, uma vontade urgente de me virar e encarar um ponto qualquer no meio da escuridão, tendo certeza absoluta do que estava me esperando lá: o estranho da meia-noite, olhos completamente escuros e vazios e um sorriso demoníaco no rosto...

"Acenda a vela, rápido!" ela mandou, e eu o fiz. Quando me virei, não havia nada lá. Ou pelo menos nada que eu pudesse ver.

Notei que a escuridão parecia estranhamente mais densa do que o normal, a vela mal iluminava o espaço ao meu redor, eu não conseguia ver muito mais do que meio metro à frente.

Dei um passo na direção que eu acreditava ser a saída do quarto, e um vento misterioso agitou a chama da vela. Aquilo era impossível, todas as janelas estavam fechadas. Como diabos...?

"Ele está aqui! Você tem que ir!" Nayla sibilou, desesperada. E eu comecei a andar, um passo de cada vez, tentando não tropeçar em nada, com a vela em uma mão, o isqueiro e o sal na outra, evitando fazer qualquer barulho para que o tal estranho não me encontrasse.

Continuei caminhando, o vento sempre às minhas costas, a chama cada vez mais instável, minha respiração curta, meu coração batendo rápido, a voz de Nayla me apressando em minha cabeça, e um pânico inexplicável crescendo dentro de mim.

Que bobagem. Eu não tinha porquê ter medo. Nada ia acontecer. Era só um jogo bobo...

Um barulho de vidro quebrando veio de algum lugar à minha esquerda, e o vento de repente sumiu.

"Oh, não..." Nayla choramingou.

Houve alguns momentos de silêncio em que eu fiquei completamente parada, esperando para ver se algo acontecia. Então, Lucas gritou. E não havia nada de bobo naquele grito. Terror e desespero, isso era o que havia.

– Lucas! – gritei, meus olhos se enchendo de lágrimas de repente.

"Shhhhh!" Nayla se desesperou. "Ah, não! Ayla, você tem que correr! Corra!". E eu corri o melhor que pude, na direção do grito. Ela protestou, mas eu fui de qualquer jeito. Precisava ver se Lucas estava bem.

Então, uma rajada de vento veio de encontro ao meu rosto, me deixando sem ar por um segundo, e apagando minha vela. Imediatamente, eu senti. O estranho da meia-noite estava ali, bem na minha frente. Ele estava vindo me pegar.

Dez segundos.

Trêmula, tentei acender o isqueiro. Não estava funcionando.

Oito, sete.

Ele estava vindo, eu sentia seus olhos de escuridão profunda me devorando.

Cinco, quatro.

O isqueiro clicou duas vezes e finalmente funcionou.

Acendi a vela, e foi como se as trevas fugissem de mim. A chama ainda oscilava, o vento vindo em minha direção. Então eu virei para o outro lado e corri.

Algum tempo depois, minha chama parou de oscilar.

Ouvi uma cadeira sendo arrastada não muito longe de mim e o barulho me deixou imóvel, não porque eu quisesse, mas porque não conseguia me mexer.

Depois de alguns segundos, Cassandra gritou.

Apertei os lábios, contendo o impulso de gritar por ela. Sentei no chão e comecei a chorar. "Tudo bem" Nayla disse. "Ela fez o círculo a tempo. Não fique parada, Ayla. Ele vai achar você".

Fazendo o máximo pra engolir os soluços, eu levantei e voltei a caminhar.

Quanto tempo tinha se passado? Eu não conseguia dizer. De alguma forma, a Nayla na minha cabeça me ajudava a evitar os obstáculos pela casa, então eu segui silenciosa o tempo todo, mas ouvia ruídos por toda parte. Móveis arrastando, coisas se quebrando. Nenhum grito. Então, David estava bem. Certo?

Eventualmente percebi que algo estava errado com o ambiente. O apartamento do Lucas não era tão grande assim para quatro pessoas caminharem dentro dele sem nunca se encontrarem, mas mesmo assim, eu ainda não tinha esbarrado em ninguém, nem mesmo visto a claridade das velas. Também não entrava luz externa por nenhuma das janelas ou qualquer outro lugar.

Nós estávamos mergulhados em um mundo de medo e escuridão.

Parecia que eu estava caminhando no escuro há dias quando senti Nayla estremecer dentro de mim. Então, eu estremeci, porque nunca a tinha sentido antes.

"Ayla" ela murmurou, apavorada. "Ele percebeu quem

você é e está vindo pra cá. Corra!". E assim que ela parou de falar, o vento veio de encontro a mim.

Prendendo a respiração, eu dei meia volta e comecei a correr. 'Ele percebeu quem você é'? O que aquilo queria me dizer?

Eu tremia. "Mais rápido", ela implorava. "Você tem que correr!". Mas eu não tinha como correr mais naquela escuridão. Ela estava desesperada, e eu entendia o motivo. Eu conseguia senti-lo, seus dedos se estendendo na minha direção, ouvia seu riso ecoando na escuridão.

Ouvi barulhos em vários pontos diferentes do apartamento, mas ele não parava de me seguir. O vento ficava mais forte, mais próximo, e eu ia perdendo as esperanças. "Faça o círculo!" Nayla implorava. "Faça agora, é o único jeito!", mas eu continuava acelerando.

– Cala a boca! – Murmurei, aborrecida.

"Faça o círculo, Ayla! Agora!"

– Cala a... – E então eu senti.

Dedos longos e gélidos se curvaram sobre meu ombro, e ele soprou seu riso macabro em meu ouvido. Com um grito de pavor, eu me virei, afastando aquela mão de mim. Então eu o vi, cara a cara, apenas um palmo distante de mim. E ele se parecia exatamente como o meu maior medo: Nayla, cabelos flutuando ao redor da cabeça como se tivessem vida própria, olhos enegrecidos e sem fundo, como buracos negros, um sorriso alucinado nos lábios, pele cinzenta e apodrecida.

Meus joelhos falharam. A vela apagou.

Eu estava perdida.

Eu não tinha dez segundos. Ele estava ali, estendendo as mãos para mim. Eu sabia disso mesmo sem conseguir enxergar, e também sabia que o momento em que seus dedos tocassem meu rosto seria o meu fim.

Trêmula, tentei abrir o pote de sal, mas uma rajada de vento tão forte quanto um soco arrancou-o da minha mão junto com o isqueiro. Eu recuei um passo, cambaleando, mas não consegui ir além disso.

"Não toque nela!" Nayla gritava, e eu a sentia lutar, mas era em vão.

"DAVID! DAVID!" Ela começou a chamar. O que estava fazendo? Ele não podia ouvir, ela existia apenas na minha cabeça.

Afundando em desespero, fechei os olhos e esperei.

– O que está fazendo? – David disse, bem próximo ao meu ouvido. – Corra!

Abri os olhos, e minha vela estava acesa de novo. Ele me puxou para trás, para longe de um vulto disforme e enfurecido que rugia na escuridão, e nós corremos, sentindo a fúria dele em nosso encalço.

– O que... Como você...

– Sua irmã estava gritando. Eu só segui o som.

Meu corpo amoleceu. Como assim seguiu o som?

Com um barulho seco, esbarramos numa parede. As velas apagaram.

– Não! – David me empurrou contra a parede, eu podia sentir o corpo dele cobrindo o meu. Ele estava me protegendo.

A escuridão que se curvava sobre nós era... Forte demais. Densa demais.

O riso macabro veio outra vez.

David estremeceu. Era o fim.

Um alarme extremamente alto ecoou pelo apartamento.

– Acabou o tempo! – Cassandra gritou de algum lugar – Vou acender as luzes!

E de repente aquela presença assustadora tinha desaparecido, como se não passasse de um pesadelo.

Encontramos Lucas desmaiado na sala. Tinha molhado as calças, mas não se lembrava do que tinha acontecido. Cassandra ficou a noite toda em um círculo de sal na cozinha e não viu nada. Só David e eu sabíamos.

Nós não contamos a ninguém.

Pela manhã, ele me levou para casa. Sentamos no chão do meu quarto e conversamos sobre aquele jogo idiota, sobre ele ver fantasmas desde criança, sobre ser capaz de sentir o pensamento das pessoas e sobre minha irmã nunca ter saído do meu lado. Ela não disse uma palavra.

Nós dormimos ali mesmo, de mãos dadas.

Já era noite outra vez quando acordamos. Cozinhei para ele, vimos um filme, e eu o levei até o quarto da Nayla.

– Parece com ela. – Ele disse. – Você... Gostaria de vê-la?

Meu coração estremeceu, e não do jeito bom. Como se lesse meus pensamentos, ele disse:

– Não se preocupe, ela não se parece em nada com o que ele mostrou a você.

Ele segurou minha mão e me guiou até o espelho redondo na penteadeira de Nayla e, sem me soltar, estendeu os dedos e tocou meu reflexo.

Um segundo depois, lá estava ela, bem ao meu lado, em seu vestido favorito, sorrindo e chorando ao mesmo tempo. Eu sorria e chorava também, era como uma cena de filme.

"Sinto muito, Ayla... Eu sinto tanto...".

– Tudo bem, mana. Está tudo bem.

"Não, Ayla, você não entende! O jogo não acaba quando você vence!"

– Do que está falando? – eu ergui as sobrancelhas pra ela. O jogo de repente parecia um evento muito distante.

"Vencer... Só deixa ele irritado! Ele volta! Todas as noites ele volta! Ele tem o seu nome e o seu sangue, ele vai te encontrar aonde quer que você vá... Você nunca mais vai ter paz."

– Nayla, o que...?

"E agora, ele sabe que você é a minha outra metade. Ele vai fazer com você o que fez comigo." Ela escondeu o rosto nas mãos, soluçando.

– Outra metade? – perguntei.

"A outra metade da minha alma, Ayla... Você."

– Nayla... O que ele fez com você?

"A porta. Embaixo do carpete."

– O que...?

"Apenas olhe."

Fui até a porta e levantei o carpete. Uma larga linha de sal grosso estava escondida embaixo. Uma linha que parecia se estender pelo quarto todo.

De repente, eu soube.

David e eu nos entreolhamos. Ele sabia também.

– Ayla... Que horas são agora?

Olhei para o relógio de cabeceira de Nayla no exato momento em que ele apitou.

Meia noite.

"Sinto muito, irmãzinha."

E todas as luzes se apagaram.

Agradecimentos
aos apoiadores do projeto no
Catarse

Ana Flávia Andrade
Ana Maria Vicente Baptista
Anna Luiza Lima
Artur Pequeno
Bárbara Borges
Bruce Torres
Clara Vaitiekunas
Cristina Reis
Daniel Folador Rossi
Dana Martins
Eduarda
Elena Bessa
Felipe Rosa
Gabriel Valente
Gui Liaga
Henrique Joriam
Helena VK
Humberto Pereira Figueira
Igor Da Costa Silva
Iris Figueiredo
Ivanete Cordeiro
Janaina C. Adam
Josué de Oliveira
JSR.1974
Luã Marinatto

Lucas Arcuri

Luciano Junior

Luiza Barros

Lygia Ramos Netto

Marcelo Amaral

Matheus Esperon

Mayara Moura

Miss Sofia

Nadia Steinmetz

Nathália Campos

Paulo Vaughan Santana

Priscilla Kurtz

Rafael Dourado

Regina van Kampen

Renato Campello

Roberto Utima

Rodrigo Augusto de Moraes Lourenço

Rodrigo De Castro Angelo

Rodrigo Spina

Sandro Moura

Thais Helene

Wilkerson Rodrigo

Yuri Alberto Cardozo Nasseh

Sapo, príncipe,
LOBO, saLAmandRA,
PriNCESa, COELHO,
sonETos, CaVAleiros,
cavaLHEiros, traças, LivrOs,
BruXAS, foguEiras,
DEus, DeUSES, márTIres, jogos,
TRApaças, FeitiÇoS, damAs,
tEMpo, doR, VIDa, cHoro, maldiçÃO, SONhO,
borbOletAs, RaiNha. AMOR...

Tudo e todos cabem no mundo de Ana Cristina Rodrigues.

 Aquário Editorial

Compre já o seu!
www.aquarioeditorial.com.br

O outro lado da Cidade foi impresso em papel
Book Millenium 80 g/m², fonte Minion Pro 12 na
gráfica Impressul / SC.
Março de 2015